4월의 눈

〈K-픽션〉 시리즈는 한국문학의 젊은 상상력입니다. 최근 발표된 가장 우수하고 흥미로운 작품을 엄선하여 출간하는 〈K-픽션〉은 한국문학의 생생한 현장을 국내외 독자들과 실시간으로 공유하고자 기획되었습니다. 〈바이링궐 에디션 한국 대표 소설〉 시리즈를 통해 검증된 탁월한 번역진이 참여하여 원작의 재미와 품격을 최대한 살린 〈K-픽션〉 시리즈는 매 계절마다 새로운 작품을 선보입니다.

The 〈K-Fiction〉 Series represents the brightest of young imaginative voices in contemporary Korean fiction. This series consists of a wide range of outstanding contemporary Korean short stories that the editorial board of *ASIA* carefully selects each season. These stories are then translated by professional Korean literature translators, all of whom take special care to faithfully convey the pieces' original tones and grace. We hope that, each and every season, these exceptional young Korean voices will delight and challenge all of you, our treasured readers both here and abroad.

-Fiction Series

4월의 눈
April Snow

손원평 | 제이미 챙 옮김
Written by Sohn Won-pyung
Translated by Jamie Chang

ASIA
PUBLISHERS

차례
Contents

4월의 눈   07
April Snow

창작노트   71
Writer's Note

해설   81
Commentary

비평의 목소리   99
Critical Acclaim

4월의 눈
April Snow

눈이 쏟아질 것 같은 수상한 날씨였다. 우리는 카페에 앉아 있었다. 그건 아내가 "집에서 얘기하면 미쳐버릴 것 같으니까"라고 말했기 때문이다. 나는 아내와 여행하기 위해서 휴가를 낸 상태였지만 결국 우린 아무 데도 가지 못했고 휴가는 여전히 며칠이나 남아 있었다.

종업원들이 우리를 이따금씩 훔쳐보곤 자기들끼리 속닥였다. 우리 사이에 많은 이야기가 오가지는 않았다. 집에서처럼 밖에서도 변함없는 사실이었다. 마침내 내가 "그렇게 하자"라고 말하자 아내는 가볍게 고개를 끄덕였다. 그렇게 해서 우리는 5년 4개월의 결혼생활을 끝내자는 결론에 다다랐다. 시간은 생각보다 많이 흘러

Strangely, it seemed about to snow. We were sitting at a café. Jenny had said she "might lose it if we had this talk at home." We'd taken time off to go on a vacation, but we didn't end up going anywhere, and there were still a few days left of our time off.

The servers at the café stole a look at us from time to time and whispered amongst themselves. We didn't have much to say to each other. We never did, whether we were home or out. I finally said, "Okay, let's." Jenny nodded lightly. We thus came to the decision to bring our marriage of five years and four months to a close. Outside, rain had turned to snow—I hadn't noticed we'd been sitting at the café

있었고 비가 눈으로 바뀌어 내리기 시작했다. 서둘러 집으로 향한 우리는 현관 앞에 앉아 우리를 기다리고 있던 마리를 발견했다. 마리는 사진으로 본 것보다 덩치가 크고 나이가 들어 보였다. "아녕하쎄여." 어색한 발음으로 인사하며 활짝 웃는 얼굴 위로 깊고 굵은 주름이 고랑처럼 파여 그 안으로 빗물인지 땀인지 모를 것들이 순간적으로 고였다.

여행자를 위한 홈스테이 교환 사이트에 글을 올린 건 수개월 전의 일이었다. 잠깐이었지만 세계 각지의 사람들과 친구가 되고, 그들에게 우리 집에 머물도록 한 후 우리도 그들의 집에 가서 여행하는 것처럼 살아도 좋겠다고 생각하던 때가 있었다. 아내는 이렇게 말했었다.

"우리는 앉은자리에서 세계여행을 할 수 있는 거야!"

그래서 우리는 집 안팎의 사진을 몇 장 찍어 사이트와 어플에 올렸다.

서울 중심부. 전철역에서 7분 거리의 깔끔한 아파트.
날마다 깨끗한 수건과 정갈한 한국식 아침식사를
제공해드리며, 서울 여행을 적극적으로 도와드립니다.
한국에 오신 것을 진심으로 환영합니다.

for so long. We hurried home to find Marie sitting by our door. She was bigger and older than in the profile photo. "*Anaseyo*," she mispronounced "hello" in Korean and flashed a broad smile. Deep, thick grooves of wrinkles spread across her face and collected what could have been rain or sweat.

Months ago, we had posted a profile on a home-stay exchange website for travelers. Short-lived as it was, there was a time when we thought it would be a good idea to make friends with people from all over the world, let them stay with us, and then go traveling where they lived, too.

"We'll get to see the world right here in our home!" Jenny had said.

So we took a few pictures of the inside and out-side of our house and posted a profile on the website and phone app.

Central Seoul. 7-minute walk from the subway.
Fresh towel and healthy Korean breakfast provided ev-ery morning, we'll be happy to help you with sightseeing in Seoul.
Welcome to Korea!

The response was wildly enthusiastic. We re-

반응은 의외로 뜨거웠다. 말 그대로 세계 각지의 사람들이 메일을 보내왔는데, 일본과 중국에서 온 문의가 가장 많았고 동남아나 유럽, 라틴아메리카와 중동, 심지어 아프리카에서도 우리 집에 머물고 싶다는 연락이 왔다. 어떤 의미에서 참으로 현실감 없는 일이었다. 아내는 매일같이 메일을 확인하며 각국 여행자들의 프로필을 라디오 디제이가 된 듯 읽어주었다. 그 일은 그녀에게 머릿속의 다른 생각들을 잊게 했던 것 같다. 그때 우리는 잠깐 사이가 좋았고 새로운 미래를 꿈꿔보기도 했었다.

마리 크라우제.
53세, 여성, 핀란드 로바니에미 거주.
한국에 관심이 많습니다.
즐거운 여행을 할 기회를 가지고 싶습니다.

마리의 자기소개는 평범했다. 사진으로 본 마리는 빛바랜 금발머리에 푸른 눈을 가진 전형적인 북유럽 여성이었다. 아내는 마리가 핀란드, 그것도 로바니에미에 살고 있다는 게 흥미로운 모양이었다.

"핀란드 같은 곳에서 한국에 오려고 한다는 게 신기해. 게다가 로바니에미라면 산타마을로 유명한 곳이잖아. 그런 곳에 살다가 서울에 오면 시시하지 않을까?"

ceived emails from literally all over the world, mostly from Japan and China, followed by Southeast Asia, Europe, Latin America, the Middle East, and even Africa. They all wanted to come stay with us. It felt very surreal in a way. Jenny checked the account inbox every day and read the candidates' profiles out to me like a radio DJ. It helped her distract herself from other thoughts going on in her head. We got along for a brief period, and even dreamt of a new future together.

Marie Krause.
Age 53. Female. From Rovaniemi, Finland.
I am very interested in Korea.
Hoping for an opportunity for fun trip.

There was nothing special about Marie's profile. In her profile photo, she appeared to be your typical Northern European woman with faded blond hair and blue eyes. But the fact that she was from Finland, Rovaniemi of all places, seemed to appeal to Jenny.

"It's so interesting that someone from someplace like Finland would want to visit Korea. Besides, isn't Rovaniemi home of the Santa Village? Wouldn't Seoul be boring compared to a place like that?"

"그곳 사람들은 거기가 더 시시하게 느껴질지도 모르지."

나는 몇 년 전에 텔레비전 토크쇼의 패널로 출연해 한국에 대해 해박한 지식을 뽐냈던 핀란드 여자를 언급하며, 핀란드에도 한국에 관심 있는 사람이 더러 있을 거라고 했다. 아내는 마리가 혼자 여행하려 한다는 걸 알고는 이렇게 말했다.

"나도 50대가 됐을 때 혼자 여행할 수 있는 용기가 있었으면 좋겠다. 산타마을 같은 곳으로 말이야."

"이 마리라는 여자네 집에 가면 되겠네. 그때쯤이면 이 여자는 일흔이 넘었겠지만."

우리는 마리에게 답장을 보냈다. 마리는 1월 중순에 서울에 일주일가량 머물러도 좋겠느냐고 물었고 우리는 그렇게 하라고 했다. 그녀의 방문을 앞두고 아내와 나는 마리와 나눌 화제의 목록을 꼽아봤다. 그래봤자 우리가 핀란드에 대해서 알고 있는 건 자일리톨 껌이나 피니시 사우나 따위가 전부였다.

하지만 우리는 1월에 마리를 만나지 못했다. 오기로 예정된 당일, 그녀는 개인적인 이유로 돌연 여행을 취소하게 됐다며 미안하다는 짤막한 이메일을 보내왔다. 전날 우리는 대청소를 하고 장을 잔뜩 봐둔 상태였고 이메일을 확인했을 때 아내는 마리에게 대접할 첫 번째

"Maybe people over there are bored with places like that."

Reminding Jenny of the Finnish woman who was on the panel of a talk show a few years ago, who wowed the audience with her encyclopedic knowledge of Korea, I said maybe some Finns were interested in Korea. Jenny found out that Marie was traveling alone and said, "I hope I have the courage to travel alone when I'm fifty—to places like the Santa Village!"

"You should visit this Marie. She'll be over seventy by then, though."

We wrote Marie back. She asked if she could stay a week in mid-January and we said yes. Before her arrival, Jenny and I thought up a list of conversation topics, but couldn't think of anything we knew about Finland besides xylitol chewing gum and Finnish saunas.

But we didn't get to meet Marie in January. On the day she was to arrive, she sent a short email saying she had to cancel due to a personal matter and that she was sorry. We'd given the apartment a thorough clean the day before, fully stocked the fridge and pantry, and Jenny was chopping kimchi to make kimchi fried rice as Marie's first Korean dish when we got the news. We were upset, and

한국음식인 김치볶음밥을 하기 위해 김치를 썰던 중이었다. 우리는 언짢아졌고 아내는 하던 칼질을 멈췄다. 그날 저녁 우리는 김치볶음밥이 될 뻔했던 김치찌개를 먹었다. 필요 이상으로 많이 잘린 김치와 맵기만 한 국물은 별로 맛이 없었다.

나는 마리의 예의 없는 행동을 비난하고 우리가 겪은 고충을 설명하기 위해 노력했지만 타국의 언어로는 화를 내기가 쉽지 않았다. 고생 끝에 완성한 메일에 쓰인 건, 마리가 방문하지 못해 유감이며 다음번에 한국에 오게 되거든 언제든지 우리 집으로 찾아와도 좋다는 내용이었다. 몇 번을 고쳐봐도 호의로 가득 찬 뉘앙스는 달라지지 않았고 결국 나는 아무래도 상관없다고 생각하며 진심과는 거리가 먼 메일을 전송했다.

그 후로도 우리 집에 머물고 싶다는 세계 각지로부터의 팬레터는 계속해서 도착했다. 그러나 우리 부부의 사이는 또다시 급격하게 나빠지고 있었고 얼마 후 아내는 사이트에 올린 글을 지웠다.

다시 마리로부터 연락을 받은 건 그녀가 도착하기 이틀 전의 일이었다. 사이트의 글을 지운 지도 오래됐고 그 뒤로 마리와는 전혀 교류가 없었기 때문에 몹시 뜻밖이었다. 마리는 내일모레인 월요일에 한국에 도착하

Jenny stopped chopping. That evening, we took the all the chopped kimchi destined for kimchi fried rice and put it in stew. The broth was too spicy and there was way more kimchi in it than the recipe called for.

I tried to reprimand Marie's rude behavior and explain the trouble we went to for her, but anger was hard to convey in a foreign language. I put great effort into sounding piqued, and ended up with an email that basically said it was unfortunate she couldn't make it, and that she'd always be welcome at our place if she were to visit Korea in the future. In spite of the many drafts I went through, I couldn't take the cordiality out of my tone. In the end, I gave up and sent an email that was far from how I really felt.

Fan letters from people all over the world who wanted to stay with us continued to arrive after that. But our marriage took a swift turn for the worse, and Jenny took down the host profile not long after that.

We heard from Marie again about two days before her arrival. We were very surprised as it had been a while since we took down the profile, and we had had no contact with her since. She sent an

며, 공항에 마중 나올 필요는 없고 알아서 집으로 찾아오겠다는 내용의 이메일을, 스마일 이모티콘을 곁들여 보내왔다. 거듭 반복된 마리의 일방적 통보에 나와 아내는 어안이 벙벙해졌다. 하지만 내가 보낸 메일을 다시 확인한 결과 우리는, 정말 눈치가 없는 사람이라면 '언제든지 우리 집으로 찾아와도 좋다'라는 말을 곧이곧대로 받아들일 수도 있겠다는 데에 간신히 동의했다. 그건 마치 "궁금한 게 있으시면 언제든지 연락 주십시오"라는 은행 직원의 말에, 새벽 세 시에 그의 집 앞으로 찾아가 미결제 타점권이 무슨 뜻이냐며 문을 두드려대는 것과 비슷한 경우였지만 말이다. 어쨌든 내뱉은 말에는 책임을 져야 했고 마리의 도착 예정시간은 밤이었다. 아내와 나는 마리를 딱 하룻밤만 머물게 할 생각이었다. 미안하게 됐습니다만 연락도 너무 갑작스러웠던데다 저희에게도 이런저런 사정이 있으니 다른 숙소를 찾는 편이 좋겠습니다, 라고 말하면 그만인 것이다. 그렇지만 우리는 마지막 순간까지도 그녀가 '진짜로' 나타날 거라곤 생각하지 않았었다.

아내가 마리를 방으로 인도하는 동안 나는 계획된 말을 꺼낼 시점을 노렸다. 그러나 밤은 깊었고, 우리는 마리가 밖에서 두 시간이나 기다렸다는 사실에 조금 미안

email saying she was to arrive in Seoul two days later on Monday, and there was no need to come pick her up at the airport as she can find her way to our place, smiley face emoji. We were baffled by Marie's repeated unilateral decisions. Only after we checked the reply I'd sent her in January did we sort of understand how an extremely tactless person could take "you're always welcome at our house" literally: common sense lacking to the degree that one would take a bank teller's polite "Feel free to get in touch any time if you have any questions" as an invitation to bang on his door at three in the morning with, "What's credit default swaps?" But we had to take responsibility for what we had said, and since Marie was due to arrive in the evening, we would take her in for just one night. Leave it at, *We're sorry but you contacted us so suddenly and we are unable to accommodate you at this time, so why don't you look for some other arrangement?* Besides, we didn't believe she would actually turn up at our door.

As Jenny showed Marie to her room, I looked for the right time to deliver the prepared speech. But it was late, and we felt a little bad that Marie had to wait two hours by the door, not to mention we

해졌다. 그리고 불과 삼십 분 전에 카페에서 내린 결론으로 인해 무척 피곤하기도 했다.

"내일 아침밥을 먹으면서 말하면 돼. 한국식 아침식사를 제공한다고 했으니까 한 끼는 차려주지 뭐."

"이 여자 때문에 음식을 새로 만들겠다고?"

"해놓은 카레가 있어, 한국식은 아니지만. 대신 내일 나가달라는 얘기는 당신이 해."

마리에게 집의 구조와 화장실의 위치를 영어로 설명하고 수건을 내주면서 우리는 전혀 다른 얘기인 것처럼 이런 대화를 태연히 주고받았다.

우리가 각방을 쓴 지는 오래된 일이다. 하지만 그날 밤만큼은 같은 침대에서 자기로 했다. 고작 하룻밤을 묵고 떠날 여행자에게 굳이 따로 자는 부부의 모습을 보여줌으로써 궁금증 어린 시선을 감내하는 게 더 귀찮다고 생각했기 때문이다.

오랜만에 마주 댄 등의 온기를 느끼며 우리는 각자 어둠 속의 다른 지점을 바라봤다. 아내는 계속해서 깊고 고른 숨을 뱉어내고 있었지만 나는 그녀가 쉽게 잠들지 못하리라는 걸 알았다. 그리고 언제나처럼, 나는 먼저 눈을 감았다.

다음 날 나는 닫힌 문틈으로 새어 들어오는 카레 냄

were drained from our conversation at the café half an hour ago.

"We'll bring it up at breakfast tomorrow morning. I'll put together something for her. We did promise 'Korean breakfast' after all."

"You're going to cook for this woman?"

"We have some leftover curry. Not Korean, but who cares? I'll put you in charge of telling her she has to leave tomorrow, okay?"

We casually discussed what to do with Marie as we showed her around the house and pointed out the fresh towel and bathroom, as if we were talking about something else entirely mundane.

We'd been sleeping in separate rooms for a while, but agreed to sleep in the same bed for just that night. It would be a bigger bother to have to deal with the curiosity of a one-night guest wondering why a married couple was sleeping in separate rooms.

Feeling each other's warmth on our backs for the first time in a while, we lay facing opposite directions in the dark. I could feel her breathing in and out evenly, although I knew she would struggle to fall asleep. I, as always, drifted off first.

The next day, I woke up to the smell of curry

새에 눈을 떴다. 두 여자가 나누는 대화의 일부가 언뜻 언뜻 들려왔다.

"한국 카레는 정말 맛있군요."

"한국 카레여서 맛있는 게 아니랍니다. 제가 해서 맛 있는 거지요."

이어서 아내는 헤헤, 하고 웃었다. 오래간만에 듣는 웃음소리라고 생각하며 나는 방문을 열었다.

"이제 일어나셨군요. 어서 와서 함께 드세요."

눈이 마주치자 마리는 자기 집에 온 손님을 맞이하듯 나를 반겼다. 나는 아내의 얼굴을 쳐다봤고 아내는 쭈 뼛거리며 마지못해 마리를 거들었다.

"그래, 당신도 같이 먹자."

아침식사 도중 나는 지난 1월의 일을 가볍게 비난하 면서 그걸 빌미로 마리에게 다른 숙소를 찾으라는 얘기 를 당당히 꺼낼 작정이었다. 그러나 "아무리 그래도 그 렇게 갑작스럽게 취소하는 법이 어디 있습니까?"라고 '따지듯' 얘기하려던 의도와는 달리, 혀끝을 맴돌다 나 온 짧은 영어는 "1월에 당신은 오지 않았습니다"라는 짤막한 평서문으로 바뀌어 있었다. 그리고 마리는 그 말을 "기다렸는데 대체 왜 오지 않았던 거예요?"로 제멋 대로 해석한 듯했다.

"그땐 그냥, 조금 바빴답니다. 미안해요."

wafting in under the closed door. I could just make out the two women chatting.

"Korean curry is very delicious."

"It is delicious not because it's Korean—it is because I made it," Jenny chuckled.

I opened the door as I wondered when it was I'd last heard Jenny laugh.

When our eyes met, Marie greeted me as if I were a visitor in her home, "You have woken up. Come and have breakfast with us." I looked over at Jenny who seemed hesitant but soon chimed in, "Yeah, join us."

My plan was to break the news to Marie over breakfast—gently chide her about what happened in January, use that as the hook to firmly insist that she look for some place else to stay. But in spite of my accusatory intent ("I'm sure you had your reasons, but you really shouldn't have cancelled on us at the last minute like that.") what I managed to get out in my limited English was a plain, short: "You did not come here in January." Marie interpreted that to mean, *Why couldn't you make it? We were so looking forward to meeting you!*

"I was a little busy. I am sorry," she said.

That was the end of her brief apology, and she was back to marveling over Jenny's curry and

간략한 사과를 마치자마자 마리는 다시 한 번 카레가 맛있다며 아내의 음식 솜씨를 치켜세웠다. 차려진 거라곤 달랑 오이소박이 몇 조각과 이틀이나 묵은 카레뿐이었지만 아내는 얼굴을 붉히면서도 칭찬이 싫지 않은 기색이었다. 나는 나대로 마리의 소탈하고 꾸밈없는 태도에, 조금 전 빗나간 의도를 수정할 기회를 좀처럼 찾지 못하고 있었다.

"그렇다고 하더라도 3박 4일은 좀 짧지 않습니까? 원래는 일주일간 여행할 예정이었잖아요."

마리가 며칠밖에 머물지 않는다는 얘기를 듣고 내가 물었다.

"남은 휴가가 그뿐이에요. 예정된 휴가를 전부 써버렸거든요. 다른 곳에다가요."

마리는 '다른 곳'이라고 말한 후 얕게 숨을 토해내곤 조용히 덧붙였다.

"그래도 꼭 오고 싶었답니다."

아내가 과일을 깎는 동안 마리는 서울 지도를 펼쳐놓고 동선을 손가락으로 그리며 여행 계획을 설명했다.

"먼저 오늘은 북촌 한옥마을에 갈 거예요. 그리고 나서 그 유명하다는 명동 거리를 구경한 후 남대문시장엘 가서 떡볶이를 먹어보고 싶어요. 한복을 빌려 입고 경복궁과 창덕궁도 둘러볼 거고요. 서울 한복판에 오래된 궁

praising her cooking. It was just a small plate of spicy cucumber salad and two-day-old curry reheated, but Jenny seemed to enjoy the compliment even as she blushed. Marie's easygoing, unpretentious personality was making it hard to find the right time to rectify my previously failed attempt at being firm.

"But isn't four days too short? Your original plan was to travel for a week," I asked when she told us she would be in Korea for only a few days.

"I have no more vacation days left. I spent most of it. On something else." Marie sighed quietly after "something else." "Still, I very much wanted to come," she added.

As Jenny peeled fruit for us, Marie opened up a map of Seoul to show us her itinerary.

"First, today I am going to the Hanok Village in Bukchon. And then I'm going to the famous Myeongdong Street and Namdaemun Market to try *Tteokbokki*. I will rent *hanbok* and look around Gyeongbokgung Palace and Changdeokgung Palace. It is interesting that there are many old palaces in the middle of Seoul. I am looking forward to it. In the evening, I will see a play at Daehangno. Garosu-gil and Gangnam are also famous, but that is not to my taste. Tomorrow, I will begin with Deok-

전들이 모여 있다고 해서 신기하기도 하고 기대도 되더 군요. 저녁엔 대학로에서 공연을 한 편 보려고 해요. 가 로수길이나 강남도 유명하다고 들었지만 내 취향과는 맞지 않아 굳이 들를 필요는 없을 것 같아요. 내일은 덕 수궁부터 시작할까 해요. 시청광장을 지나 쭉 걸어서 종 로를 통과해 인사동에 가서 기념품도 좀 살 거예요. 그 러고는 다시 종로로 올라가 청계천을 쭉 따라 내려오는 거죠. 바쁜 하루겠지만 이 모든 코스가 걸어서 갈 수 있 는 거리라는 점이 마음에 들어요. 그리고 나서 저녁에는 홍대에 가서 막걸리를 한잔할 생각이고요. 그리고 마지 막 날인 모레엔, 디미누엔도의 공연을 볼 거랍니다."

"디미누엔도요?"

아내가 아연실색해 물었지만 마리의 얼굴에는 기쁨 이 피어났다.

"난 디미누엔도의 공연을 보기 위해 한국에 온 거랍 니다. 한국말은 전혀 할 줄 모르지만 노래 가사는 몇 개 외워두었죠."

디미누엔도는 다섯 명의 남자 아이돌로 구성된 보이 그룹이다. 그들이 미국과 유럽에서 인기를 끌고 있다는 얘기는 익히 들어서 알고 있었지만, 핀란드의 50대 여 성까지 한국으로 불러들일 정도인 줄은 몰랐다. 마리가 그룹의 리더인 휴의 팬이라며 짧게 그들의 율동을 따라

sugung Palace. I will cross the City Hall Plaza, past Jongno, and buy souvenirs at Insadong. And then I will go up Jongno and come back down along Cheonggyecheon River. It will be a very busy day, but I like it because I can walk the entire route. And then in the evening, I will have *makkeolli* at Hong-dae. On the last day, I am going to the Diminuendo concert.

"Diminuendo?"

Jenny was astounded, while joy spread across Marie's face.

"I came to Korea to see Diminuendo's concert. I don't know any Korean, but I memorized some of the song lyrics."

Diminuendo was a five-member boy band. I'd heard they were big in the States and Europe, but didn't know they were good enough to bring a Finnish woman in her fifties all the way to Korea. She said she was a big fan of Hugh, the leader of the group, and showed us some of their dance moves as Jenny brought over a plate of fruit and sat down next to me.

"What do we do now? There goes my chance to tell her off," I said with a smile.

"Well, she seems all right, don't you think?" she said as she picked up a wedge of apple with a fork

하는 동안 아내가 과일을 가져와 내 옆에 앉았다.

"어쩌지? 말할 타이밍을 놓치고 있어."

나는 웃으며 태연한 표정으로 말했다.

"글쎄, 얘기 나누다보니 나쁜 사람 같지는 않은데."

아내는 사과 한 쪽을 포크에 찍어 마리에게 내밀었다. 우리의 이야기를 알아듣지 못한 마리는 "캄사합니다!"라고 말하며 사과를 받아들었다. 그녀가 아는 한국어라곤 '안녕하세요'와 '감사합니다'뿐인 것 같았다.

"여기서 지내게 하자는 거야?"

"고작 삼 일이라는데, 크게 문제가 될까? 벌써 하루 지났으니 겨우 이틀 밤 남았잖아. 게다가 그녀는 아주 먼 곳에서 왔고 말이야."

나는 마치 그 말이 딸기를 권해보라는 것인 양, 마리 쪽으로 예의 바르게 딸기 접시를 내밀었다.

마리가 집을 나선 뒤 집 안은 다시 조용해졌다. 어제 아내와 나눴던 말들이 떠올랐고 그러자 짧든 길든 간에 마리가 집에 머문다는 사실이 부담스러워지기 시작했다. 부부가 헤어지기 위해 필요한 현실적인 절차들을 그려봤다. 서류를 꾸미고 가족들에게 알리고 집과 가구를 나누고 처분하고……. 하지만 그런 일들을 거쳐 모든 게 다 마무리된다고 하더라도 내 마음은 전혀 가벼

and handed it to Marie. Unaware of our exchange, Marie took the fork with a "Kamsahanida!" It seemed "hello" and "thank you" were all the Korean she knew.

"So we let her stay?"

"It's just three days. Won't be a big deal, right? One night already gone. Just two more nights to go. Besides, she's traveled such a long way."

I politely pushed the plate of strawberries toward Marie, as though what Jenny just said was, "Offer her the strawberries, hon."

Silence fell as soon as Marie left. I remembered the words that passed between us yesterday, and began to feel burdened by Marie's presence in our house, however short. I thought of the necessary and practical steps of a married couple breaking up. Getting the paperwork in order. Informing the families. Dividing up the furniture and selling the house. I knew I could check all of these items off the list and still not feel any lighter. While I sat with these complicated feelings, Jenny was busy getting dressed with an elated look on her face.

"You going out?"

"Well, yeah. I'm getting groceries. We have nothing to eat at home."

워질 것 같지 않았다. 복잡한 심경의 나와는 달리 아내는 어딘가 들뜬 표정으로 부산하게 옷을 입고 있었다.

"어디 가?"

"장 보러 가야지. 집에 먹을 게 하나도 없잖아."

당연한 걸 묻는다는 듯 핀잔 실린 답이 돌아왔다. 아내는 보통 인터넷으로 장을 봤고 가끔 마트에 들러 뭔가를 사오는 건 내 쪽의 일이었다. 하지만 웬일인지 아내는 나가고 싶어 했다. 나는 괜찮다고 하는 아내의 거듭된 만류에도 동행을 자처했다. 마트에서 맞닥뜨릴지도 모를 풍경 때문에 아내가 위험한 상황에 처하는 것을 원하지 않았기 때문이다.

어제부터 내리기 시작한 눈은 천천히 쌓여가고 있었다. 조금만 지나면 발밑으로 뽀드득 소리가 들릴 것 같았다. 우리는 아무런 감상도 말하지 않은 채 묵묵히 걸었다. 4월에 눈이 내리는 게 이례적인 현상임엔 분명했지만 최근 몇 년간 봄눈이 여러 번 왔기 때문에 그다지 놀랄 일도 아니었다.

마트 안은 한산했고 염려했던 일은 벌어지지 않았다. 시작한 지 얼마 되지 않은 연인처럼 묘한 긴장감 속에서 우리는 서로에게 예의를 차리기 위해 애썼다. 나는 슬며시 아내가 밀고 있던 카트를 내 쪽으로 끌어 그녀가 자유롭게 걸을 수 있도록 했다. 아내는 어떤 요리를

Obviously, her tone seemed to imply. She mostly shopped for groceries online, and it was usually my job to pick something up at the store. But for some reason, she wanted to go out. I volunteered to accompany her despite her insistence that she didn't need it. I didn't want her to see something at the store and find herself in a crisis situation alone.

The snow that started to come down yesterday was now slowly piling up. It wouldn't be long before it would crunch under my feet. We didn't comment on anything but walked silently. April snow wasn't an everyday occurrence, but it had snowed several times in the spring these past few years, so it wasn't that alarming.

The supermarket wasn't very crowded, and what I feared did not happen. The tension of a new couple flowing between us, we made the effort to be polite to each other. I subtly pulled the shopping cart she'd been pushing around toward me to allow her to walk around and shop more freely. She was debating what to make, and I suggested seaweed soup, then bean paste soup, then grilled mackerel. She picked up a raw whole chicken and threw in the cart.

"Chicken stew it is," she said and stuck out her tongue at me as an apology for completely vetoing

해야 할지 고민했고 나는 미역국, 된장찌개, 고등어구이를 차례로 후보로 내세웠으나 아내가 카트 위로 던져 넣은 건 생닭이 든 팩이었다.

"닭찜으로 결정했어."

그렇게 말하고 나서 아내는 내 의견을 묵살한 데 대한 미안함의 표시인지 작게 혀를 낼름, 하곤 턱을 치켜들고 앞서 걸어갔다.

계산대 가까이 갔을 때 어디선가 디미누엔도의 신곡이 흘러나오기 시작했다. 단조롭고 반복적인 음과 빠르기만 한 템포가 소음처럼 귀를 자극했고 가사는 한마디도 알아들을 수 없었다. 나는 마음대로 가사를 바꿔 부르며 아침에 마리가 식탁 앞에서 선보인 우스꽝스러운 율동을 흉내 냈고, 아내는 풋, 하고 웃음을 터뜨리고 말았다.

아내의 닭찜은 성공적이었다. 마리는 감탄을 연발하며 레시피를 물었고 분위기는 화기애애해졌다. 마리는 그날 하루 동안의 여정이 담긴 사진을 보여줬는데, 눈 쌓인 고궁을 배경으로 찍은 사진들이 멋들어졌다. 중간중간 도대체 왜 찍었는지 모르겠는 사진들도 눈에 띄었다. 커피 자판기나 롯데리아 간판, 아파트 단지 앞에 세워진 촌스러운 구조물 따위의, 정말 별거 아닌 것들 말이다. 어쨌든 사진 속의 풍경은 온통 눈이었고 그래서

all of my suggestions, and walked on ahead with her nose in the air.

At checkout, we heard a Diminuendo new release playing somewhere. The melody simple and repetitive and the tempo too fast, the noise of it got on my nerves. The words were impossible to make out. I sang along with words I made up and mimicked the ridiculous dance Marie did at breakfast. Jenny let out a half-suppressed snicker.

The chicken stew was a success. Marie gushed over the food and asked for the recipe, and instantly put everyone in a merry mood. Marie showed us pictures from her day of sightseeing. She had some amazing shots of the snowy palaces, and there were a few I couldn't understand why she bothered to take a picture of—a coffee vending machine, a Lotteria sign, tacky "gates" of apartment complexes, and other unremarkable things. The scenery in the pictures were all snowy and didn't look like pictures from April.

"Does it snow in April in Finland?"

Marie nodded at Jenny's question, "There is snow everywhere. Where I live, it snows over half of the year."

Jenny's eyes twinkled at the mention of Rovanie-

전혀 4월로 보이지 않았다.

"핀란드에도 4월에 눈이 오나요?"

아내의 질문에 마리는 고개를 끄덕였다.

"어딜 가나 눈이랍니다. 특히 제가 사는 곳은 일 년의 절반 이상이 눈으로 뒤덮여 있죠."

로바니에미에 관한 이야기가 나오자 아내가 눈을 빛냈다.

"산타마을에도 가보셨겠네요?"

"가보다뇨, 난 그곳에서 일하고 있는걸요."

"정말요?"

"인구는 4만 명이 채 안 되지만 일 년 동안 100만 명이 넘는 사람들이 다녀간답니다. 그야말로 세계 곳곳에서 관광객들이 쉴 새 없이 찾아오지요. 언제든지 산타클로스를 볼 수 있고, 원한다면 루돌프도 탈 수 있어요. 난 기념품 가게에서 일해요. 그곳에선 크리스마스와 관련된 모든 걸 팔죠. 가끔씩은 산타클로스의 부인 역할도 하곤 해요. 물론 교대 근무라 산타에겐 몇 명의 다른 부인이 있지요. 알고 보면 산타는 바람둥이거든요. 하지만 산타에게 편지를 보낸다면, 장담컨대 당신은 백퍼센트 답장을 받을 수 있답니다. 그에겐 열 명이 넘는 비서가 있고, 세계 각국에서 도착한 편지들은 소중하게 분류되어 산타에게 전달되니까요."

mi. "You must have been to the Santa Village."

"Have I been there? I work there."

"Really?"

"The population of Rovaniemi is less than forty thousand, but over one million tourists visit every year. People are coming all the time from all over the world. In Rovaniemi, you can see Santa Claus any time, and even ride Rudolf if you want. I work at the gift shop. We sell everything related to Christmas. Sometimes, I act as Mrs. Claus. But we work in shifts, so Santa has many wives. Santa is actually a player. But if you write to him, I promise he will write you back. One hundred percent. He has over ten secretaries, and letters from all over the world are carefully sorted and delivered to Santa."

"I want to go!" Jenny exclaimed like a child.

Marie smiled like a tour guide at Santa Village and said, "You are always welcome any time. Santa Village is open 365 days a year. It is truly like Christmas every day!"

We had a fun evening. Marie was unassuming and had a knack for making people feel comfortable, so the conversation stretched on smoothly. She didn't ask us personal questions, and we didn't pry either. As expected, however, we didn't have much to dis-

"정말 가보고 싶어요!"

아내가 어린아이처럼 외쳤다. 마리는 마치 산타마을
의 가이드처럼 미소를 지으며 말했다.

"아무 때고 오세요. 산타마을은 일 년 삼백육십오일
열려 있답니다. 정말이지 일 년 내내 크리스마스 같은
곳이지요!"

꽤 즐거운 저녁이었다. 마리는 담백하고 사람을 편안
하게 하는 재주가 있어서 대화는 부담 없이 이어졌다.
그녀는 우리에게 개인적인 질문을 던지지 않았고 우리
도 그녀에 대해서 굳이 이것저것 따져 묻지 않았다. 예
상대로 주제는 한국과 핀란드에 대한 것들, 그러니까
자일리톨, 피니시 사우나, 김치와 개고기 따위를 벗어
나지 못했지만 말이다.

잠들기 전 아내는 마리와 나눴던 대화들을 되새기며
조잘댔다. 그러곤 마리의 독특한 억양과 커다란 엉덩이,
턱 밑에 난 수염에 대해서 비밀스럽게 흉을 보며 낄낄댔
다. 그러면서도 그런 얘기가 험담이 아니란 걸 강조하기
위해서인지 말끝마다 "좋은 사람인 것 같아"를 후렴처럼
반복했다. 어쨌든 아내가 누군가에 대해서 그렇게 오래
얘기하는 건 그 사람에게 호감을 느낀다는 뜻이었고 아
내가 말이 많아진 건 좋은 징조였기 때문에 나는 아내의
말에 열심히 귀를 기울이며 적당히 맞장구를 쳐줬다.

cuss beyond things mostly about Korea and Finland—xylitol, Finnish sauna, kimchi, and dog meat.

Before falling asleep, Jenny excitedly rehashed our conversation with Marie. She giggled quietly as she mentioned Marie's Finnish accent, her large bottom, and the hair growing on her chin, but repeated "she seems like a nice person" like a refrain to emphasize that she wasn't trying to be mean. The fact that she was speaking at such length about someone meant she liked her, and Jenny being chatty was a good sign, so I listened and eagerly agreed.

"It was a good idea to have her stay with us," she concluded sleepily.

"I'm glad you feel that way."

I held out a finger and patted her on the back of her hand a few times.

The next morning, I woke up briefly to the sound of Marie and Jenny talking, then the apartment door opening and closing, and fell back asleep. The house was empty when I finally woke up, and there was a note on the kitchen table. Jenny sometimes liked to leave me handwritten notes.

Gone out to show Marie around Seoul. We thought

"우리 집에 있으라고 하길 잘한 것 같아."

마침내 아내가 졸음이 밴 목소리로 결론 내렸다.

"그렇게 생각한다니 다행이네."

나는 손가락을 뻗어 아내의 손등 위를 몇 차례 토닥였다.

아침에 나는 아내와 마리의 두런대는 말소리와 문이 여닫히는 소리에 얼핏 깼다가 다시 잠들었다. 일어났을 때 집에는 아무도 없었고 식탁 위엔 아내가 놓고 간 쪽지가 놓여 있었다. 아내는 가끔 그런 걸 써놓기를 좋아했다.

마리한테 서울 안내해줄 겸 같이 나가.
당신도 가자고 할까 하다가 너무 깊이
잠든 것 같아서 안 깨웠어.
저녁엔 홍대에서 술 마실까 하는데,
생각 있으면 오든지.

글의 말미에는 크게 스마일 표시가 그려져 있었다. 나는 갈매기를 연상시키는 그 스마일을 한참 동안 들여다봤다. 이 명랑함이 반가우면서도 한편으로 걱정이 앞섰다. 마리가 쓸데없는 것을 묻지는 않을지, 거리의 풍경 중 아내를 자극할 만한 게 있지나 않을지 말이다. 나는

about inviting you, but you were so sound asleep we thought it best not to wake you. We're thinking about getting a drink near Hongdae. Join us if you want. ^^

She'd signed the note with a big smiley face. I examined its seagull-like eyes for a long time. I was delighted by her cheerfulness but my concern for her held me back. What if Marie asked her a stupid question? What if Jenny saw something triggering on the street? I kept the worry to myself and texted back:

Have fun. Call if you need anything.

I turned the TV on. The April "snow bomb" was all over the news. News anchors and reporters went on and on about the cherry blossoms frozen mid-bloom, the traffic fiasco, the icy road accidents, and the chaos and disorder the snow brought. I opened the curtains to see a landscape entirely white, with over ten centimeters of snow. Calm and peaceful, far from the mayhem the news made it out to be. Jenny sent a few pictures she took with Marie. Making a goofy face and a peace sign next to Marie, Jenny looked like a Finnish tourist in Seoul.

마음을 숨긴 채 아내에게 답을 보냈다.

재미있게 놀아. 무슨 일 있으면 연락하고.

텔레비전을 틀자 뉴스가 흘러나왔다. 온통 4월의 폭
설에 관한 이야기뿐이었다. 아나운서와 리포터들은 피
다 말고 얼어버린 벚꽃과 교통 혼잡, 속출하는 빙판길
사고 등, 눈 때문에 빚어진 혼돈과 무질서에 대해 떠들
어댔다. 커튼을 젖히자 족히 10센티는 넘게 쌓인 눈으
로, 창밖엔 오로지 하얗기만 한 설경이 펼쳐져 있었다.
뉴스에서 들은 호들갑과는 달리 그저 고요하고 평화로
웠다. 아내가 휴대폰으로 마리와 함께 찍은 사진을 몇
장 보내왔다. 익살스런 표정에 손으로는 브이 자를 그
리고 있는 아내는 꼭 마리와 함께 핀란드에서 서울로
놀러 온 여행객 같았다.

나는 바깥으로 나가 혼자 인적 드문 거리를 걸었다.
굵은 눈발 때문에 앞이 잘 보이지 않았다. 눈은 구석구
석, 틈새가 난 곳이라면 어디든 내려앉아 익숙한 모든
것들을 전혀 다른 형체로 바꿔놓고 있었고 그래서 모든
게 특별해 보였다. 나는 길가의 공중전화와 그 옆에 세
워진 오토바이를 배경으로 사진을 찍었다. 그러자 나도
이국의 어딘가로 홀로 여행 온 것 같은 기분이 들었다.

I went outside and walked along the quiet streets. The fat snowflakes made it hard to see ahead. Snow fell in every uncovered nook and turned familiar things into different shapes, making everything seem special. I took a selfie with a telephone booth and a parked scooter in the background. I felt like I was traveling alone in a foreign land, too. I continued slowly down the street, leaving footprints on a clean, fresh blanket of snow no one had stepped on yet. When I turned around, my footprints were already growing faint. The sight seemed to say something somewhat secretive and a bit heartbreaking.

We met up at Hongdae in the evening. It was like Christmas Eve in the old-timey bar filled with happy, excited faces. *Gayageum* renditions of Christmas carols strummed on in the background. We talked about this and that over acorn jelly and scallion pancakes, and took gulp after gulp of *makkeolli*. Marie, now rosy-cheeked, took another sip and asked out of the blue,

"How did you two meet?"

It was the first personal question Marie had ever asked us. Jenny and I exchanged looks trying to decide who would tell the story. I began, the story

계속해서 아무도 걷지 않은 새하얀 길에 발자국을 찍으며 천천히 앞으로 나아갔다. 뒤를 돌아보니 저 멀리 새겨진 내 자취는 벌써 희미해져 가고 있었다. 그건 어쩐지 비밀스러웠고 조금쯤 서글펐다.

밤에 우리는 홍대에서 만났다. 전통주점에서는 가야금으로 연주한 캐럴이 흘러나왔고 모두들 크리스마스이브처럼 설렘 가득한 얼굴이었다. 우리는 도토리묵과 파전을 먹으며 이야기를 나눴고 연거푸 술을 들이켰다. 뺨이 발그레해진 마리가 술을 한 모금 홀짝이더니 난데없이 질문을 던졌다.

"두 사람은 어떻게 만났나요?"

마리로부터 이런 개인적인 질문은 처음이었다. 우리는 잠깐 망설이며 누가 먼저 말을 꺼낼지를 놓고 서로의 눈치를 살폈다. 결국 먼저 입을 연 건 나였다. 여전히 제대로 된 단어와 표현을 찾는 데 애를 먹고 더듬거렸지만 말하려던 내용은 대강 이런 거였다.

"그땐 장마였어요. 비가 아주 많이 내렸죠. 지하철 안에서 그녀는 내 맞은편에 앉아 있었어요. 머리가 아주 짧았고 하늘색 티셔츠에 하얀 반바지를 입고 끈이 풀린 운동화를 신고 있었죠. 어딘가 소년 같았지만 전 그녀가 아주 예쁘다고 생각했어요. 말을 걸고 싶어서 뚫어

coming out haltingly as I struggled to get the words and expressions right. But the gist of it was this:

"It was during the monsoon. It was raining a lot. Jenny was sitting across from me on the subway. She had short hair, a sky-blue t-shirt, a pair of white shorts, and her shoelaces were undone. She looked like a little boy, but I thought she was very pretty. I wanted to talk to her, so I stared at her, but she would not even glance at me as several stops came and went. I looked away for a moment, and she disappeared. But she left behind an umbrella in her seat. Like Cinderella's glass slipper. I could have left it at the lost and found, but I took it. From that day on, whenever it rained, I got on the subway with that umbrella, hoping I would run into her one day."

Jenny snatched the baton and continued.

"I got soaking wet that day. It was really coming down. It was very unfortunate that I had lost the umbrella because it was the first umbrella I had drawn the illustrations for, and the only one of its kind. But what was I to do? I tried to forget about it. Time passed and winter came. And one snowy day like today, I went to the store near my house to pick up some eggs and I saw a man come out of the store, open up my umbrella and walk off. I was

지게 쳐다봤지만 몇 정거장이 지나도록 그녀는 내게 시선조차 주지 않더군요. 그리고 잠깐 한눈을 판 사이 그녀는 사라져 있었어요. 그녀가 앉아 있던 자리엔 우산이 하나 놓여 있었죠. 마치 신데렐라의 유리 구두처럼요. 유실물센터에 맡길 수도 있었지만 일부러 그러지 않았죠. 그 뒤부터 나는 비가 오는 날이면 그 우산을 들고 지하철을 탔어요. 언젠가 또 마주칠 수도 있을 거라고 기대하면서요."

아내가 끼어들어 바통을 채갔다.

"그날 나는 비를 쫄딱 맞았어요. 정말이지 비가 억수같이 쏟아졌거든요. 우산을 잃어버린 건 무척 아쉬웠어요. 그건 내가 직접 그림을 그려 만든 첫 번째 우산이었고, 세상에서 하나뿐인 물건이었거든요. 어쩔 수 있나요, 그냥 잊으려 노력했죠. 그리고 시간이 흘러서 겨울이 됐고 오늘처럼 눈이 펑펑 쏟아지는 날이었어요. 집 근처 슈퍼에 계란을 사러 갔는데 글쎄, 슈퍼에서 나오던 남자가 제 우산을 쓰고 걸어가는 게 아니겠어요? 분명 우산을 잃어버린 건 지하철 안에서였는데 말이죠. 나중에 알게 된 사실이지만 우린 꽤 가까운 곳에 살고 있었거든요. 난 그 남자를 쫓아가서 소매를 붙잡고 말했죠. '이봐요, 이건 내 우산인 것 같은데요.' 그러자 그가 장난스럽게 웃으면서 대답했어요. '그럼 어떻게 하죠? 난 지금 눈을

sure I'd lost it on the subway, but here it was! So I ran after him, grabbed him by the sleeve and said, 'Hey, that's my umbrella.' He smiled playfully and said, 'What should we do? I don't feel like being snowed on.' So I said, 'Would you like to share the umbrella?' There was something familiar about him, like we had an agreement to meet there that day. So we shared the umbrella in the snow, and started going out the very next day."

"And we married four years later," I added.

"And a few years after that, I showed up," said Marie. She took a long look at us and continued, "At the gift shop, I see so many lovers and couples every day. I'll tell you a secret. All of them look happy, but I can see—if they're really happy or not, if they really love each other or not."

"Like Santa knowing if you've been bad or good?" I asked.

"Yes. And I can say with confidence that you love each other very much."

We staggered home. The wind was getting stronger and the snow falling fast seemed it would go on to the end of time like a gif. Some teenagers in heavy jackets over light spring clothes were pitching snowballs at each other and reveling in

맞고 싶지 않은데요.' 난 하는 수 없이 물었죠. '그럼 같이 쓰고 갈래요?'라고요. 왠지 그는, 그날 만나기로 약속한 것처럼 익숙했거든요. 그렇게 우리는 함께 우산을 쓰고 눈 위를 걸었고, 바로 그다음 날 연인이 됐답니다."

"그리고 사 년 후 결혼을 했고요."

내가 덧붙였다.

"그리고, 몇 년 후에 이렇게 나를 만난 거로군요."

그렇게 말한 후 마리는 잠시 우리를 물끄러미 바라보더니 말을 이었다.

"기념품 가게에서 일하면서 매일같이 수많은 연인과 부부들을 보곤 해요. 그런데 비밀을 하나 알려줄까요. 그들은 모두 즐거워 보이지만 나는 알 수 있답니다. 그들이 진짜로 행복한지 아닌지, 사랑하는지 아닌지를요."

"산타클로스가 착한 아인지 나쁜 아인지 한눈에 아는 것처럼 말인가요."

내가 물었다.

"맞아요. 그리고 난 자신 있게 말할 수 있답니다. 당신들은 서로를 정말로 사랑한다는 것을요."

우리는 휘청대며 집으로 향했다. 바람은 점점 거세지고 있었고 빠른 속도로 떨어지는 눈은 구간 반복된 영상을 틀어놓은 것처럼 영원히 계속될 것 같았다. 얇은

this strange weather.

I thought of our Bali trip a few years back. It was filled with happy memories, and not a hint of darkness. We had great food, took leisurely strolls, floated around in the pool and drank cocktails made of tropical fruits at the swim-up bar. People assumed we were on our honeymoon, and we didn't bother correcting them. It felt as if everything was beginning anew for us.

Bali was beautiful. Large, thick leaves hung from every tree like fruit, and stunning flowers of all colors bloomed everywhere, springing up in every place imaginable. Even the shabbiest of houses had its small shrine to the gods adorned with flowers. They said flowers were really that common in their country. One day I asked our guide when flowers fall in Bali. He seemed puzzled by my question.

"Flowers are always in bloom in Bali."

Amazed, Jenny asked if that really was true. The guide gave it some thought and rephrased his earlier statement: "The flowers fall when it rains. When the rain stops, they bloom again. So, always in bloom."

I thought Jenny and I were just going through a rainy period. That flowers would bloom again, and that carefree days like the ones we had in Bali would

봄옷 위에 두꺼운 외투를 걸친 젊은이들이 눈싸움을 하며 이 이상한 계절을 만끽하고 있었다.

몇 해 전 우리가 발리로 여행 갔던 때가 떠올랐다. 그 늘진 기억 없이 즐거운 추억만으로 가득한 여행이었다. 우리는 맛있는 음식을 먹고 천천히 거리를 걸었고, 풀 빌라 안에서 수영을 하거나 열대과일로 만든 칵테일을 마셨다. 사람들은 우리를 신혼부부로 생각했고 우리는 굳이 부인하지 않았다. 모든 게 처음으로 돌아간 것 같았기 때문이다.

발리의 자연은 아름다웠다. 나무에는 두껍고 커다란 이파리가 열매처럼 주렁주렁 달려 있었고 색색의 아름다운 꽃들이 어디에나, 정말 어느 곳에든지 피어 있었다. 허름한 집 앞에조차 사람들은 신을 위해 아기자기한 제단을 꽃으로 꾸며놓았다. 그들의 나라에선 꽃이 그만큼 흔하다고 했다. 어느 날 나는 가이드에게, 발리에서는 꽃이 지는 때가 언제냐고 물었다. 가이드는 이상한 질문이라는 듯 고개를 갸우뚱했다.

"발리엔 언제나 꽃이 피어 있답니다."

아내가 신기하다는 듯 정말이냐고 되물었다. 그러자 가이드는 잠시 생각하더니 이렇게 바꾸어 말했다.

"비가 올 때면 꽃이 떨어지기도 해요. 그렇지만 비가 그치면 곧 다시 피어난답니다. 그러니까, 언제나 피어

be back again. And for the first time in a very long time, I felt everything would be okay again.

I lay in bed and whispered all of this to Jenny. She said quietly, "Maybe it's the snow." I stroked her hair and she didn't shrug me off.

I opened my eyes to an eerie quiet. It was an unsettling calm, as if there would never be silence in the world ever again thereafter. A strange premonition came over me, and I thought it had finally happened: everything was over. Jenny had left for good, or died. I wasn't alarmed as I went over these scenarios in my head. I felt devastated and yet relieved.

I opened the door and went into the living room. My premonition was off. Jenny was in the living room with a large piece of black fabric, sewing as if nothing was wrong.

"Marie went out early. The concert starts at seven, but she has to get in line long before that," she said without looking up, as if to herself.

I went to her side and looked down at her work. Colorful stitches ran all over the fabric in disarray. It looked like spilled water or a doodle. She was absentmindedly pushing the needle and thread in and out of the fabric.

있는 거나 마찬가지죠."

나는 우리에게 닥친 일이 잠깐 내린 비라고 생각했었다. 다시 꽃이 피어날 거라고, 발리에서처럼 근심 없는 날들이 올 거라고 말이다. 그리고 지금 아주 오랜만에 나는 다시 모든 게 좋아지는 것 같은 기분을 느끼고 있었다.

침대에 누웠을 때 나는 아내의 귀에 대고 그런 이야기를 들려주었다. 아내는 가만히 "눈 때문인가?"라고 속삭였다. 나는 아내의 머리카락을 쓰다듬었고 그녀는 저항하지 않았다.

눈을 떴을 때 집 안은 기묘하리만치 조용했다. 더 이상의 적막은 존재하지 않을 것 같은 기분 나쁜 고요였다. 이상한 예감이 엄습했고 다음 순간 나는 비로소 올 것이 왔다고, 모든 게 끝나버렸다고 생각했다. 아내가 영영 떠났거나 어쩌면 죽어버린 거라고. 그런 상상에조차 나는 크게 동요하지 않았다. 끔찍하면서도 어딘가 후련했다.

나는 문을 열고 나왔다. 그리고 내 예감이 틀렸다는 것을 확인했다. 아내는 거실에 태연히 앉아 커다란 검은 천을 펼쳐놓고 바느질을 하고 있었다.

"마리는 일찍 나갔어. 공연은 일곱 시부터지만 한참 전부터 줄을 서야 한대."

"You want to go for a walk?" I suggested by way of distracting her.

"Sure. Let's get some air," she said, surprising me with her receptivity.

Jenny used to make fabric handicrafts at a studio. She would embroider cute giraffes and lions and patch them onto bags to sell, or stitch constellations or the world map on big floor rugs. The work was difficult to manage without patience and talent, but she would always turn a swatch of nothing into a masterpiece. I loved watching her pore over every stitch, her lips pursed in concentration. She looked peaceful, and it reassured me that we were safe and sound.

But something strange began to happen to Jenny. She pricked her fingers often and bled profusely. Her stitches ran off the pattern all over the place. But she didn't stop. Her dedication to sewing intensified as she sewed day and night, as doomed Arachne spun thread for all eternity. The things she embroidered grew ever more abstract. She said they all meant something, but had a hard time articulating them. Her sewing began to make me uncomfortable. I was overcome with suffocating fear as I watched her sew.

The snow had stopped. The world that seemed

아내가 나를 보지 않은 채 혼잣말을 하듯 중얼거렸다.

나는 대답하지 않고 아내의 곁으로 가서 그녀를 굽어 보았다. 색색의 실들이 어지러이 천 위를 달리고 있었다. 엎질러진 물 같기도 했고 의미 없는 낙서 같기도 했다. 아내는 그저 하릴없이 바늘을 천 위로 꽂았다가 빼내고 있었다.

"나갈래?"

내가 아내의 주의를 돌리기 위해 제안했다.

"그럴까, 바람이라도 쐬지 뭐."

의외로 흔쾌히 그녀가 답했다.

한때 아내는 공방에서 이런저런 소품이나 패브릭을 만들었다. 귀여운 기린이나 사자 같은 것들을 천에 수놓아 가방으로 제작해 팔기도 하고, 커다란 러그 위에 별자리나 세계지도를 정교하게 새겨 넣기도 했다. 인내심과 재주가 없으면 하기 힘든 일이었지만 아내는 아무것도 아닌 천 쪼가리를 늘 멋진 작품으로 완성시키곤 했다. 나는 아내가 입을 꼭 다물고 세심하게 바느질하는 모습을 좋아했다. 그 모습은 평화로웠고 우리가 안전하고 무사하다는 느낌이 들게 했다.

그렇지만 언젠가부터 아내는 이상해졌다. 자주 바늘에 찔렸고 손가락에서는 피가 넘쳐흘렀다. 실은 그려놓은 도안을 넘어 아무 곳에나 불시착했다. 그래도 아내

on pause creaked into movement again. A gentle breeze came bearing a faint smell of flowers. Jenny turned her head toward the wind.

"It was pretty when it was snowing."

We grabbed a bite at a restaurant and watched a popular comedy at a nearby movie theater. I glanced over at her a few time during the movie. She nibbled a steady stream of popcorn. She burst into laughter a few times. I held her hand, and we did not let go until the end of the movie.

When we left the theater, it was already dark out. Snow was melting speedily. The streets, now only half concealed under the snow, seemed boring and messy.

"Marie must be at the concert by now."

With that last comment from me, we fell silent. A telephone booth by the road came into view. Streaks of dust and melting snow left a black stain on the shattered window and an old scooter stood in front of it. A man in a black jacket was smoking with one foot on the deck. That was where I took the selfie a few days ago. It took me a while to figure that out, and the realization left me with a feeling I couldn't put to words.

Jenny suddenly stopped in the middle of the street. Her gaze was fixed on a woman crossing

는 멈추지 않았다. 부지런함에는 가속이 붙었고 그녀는 목적도 없이 밤이고 낮이고 저주에 걸린 아라크네처럼 바느질을 해댔다. 그럴수록 천 위에 새겨지는 것들은 점차 형태를 잃어갔다. 아내는 그것들이 모두 의미를 가지고 있다고 했지만 자신이 무엇을 표현하려는 건지는 잘 말하지 못했다. 차츰 아내가 바느질을 하는 게 불편해지기 시작했다. 바느질하는 아내의 모습을 보고 있노라면 질식할 것 같은 두려움이 나를 짓눌렀다.

눈은 더 이상 내리지 않았다. 정지된 것 같았던 세상도 다시 조금씩 움직이고 있었다. 어디선가 희미한 꽃향을 실은 바람이 한줄기 불어왔다. 아내가 바람이 불어오는 방향으로 고개를 돌렸다.

"눈 올 때가 예뻤는데."

우리는 식당에 가서 밥을 먹고 근처의 극장에 가서 유행하는 코미디 영화를 봤다. 영화를 보는 도중 나는 몇 번 아내를 곁눈질했다. 그녀는 입을 오물오물하며 계속해서 팝콘을 입으로 가져갔다. 이따금씩 폭소를 터뜨리기도 했다. 나는 아내의 손을 잡았고 우리는 영화가 끝날 때까지 그 손을 놓지 않았다.

밖으로 나왔을 때 이미 날은 어두워져 있었다. 눈은 급속도로 녹고 있었다. 절반 이상 모습을 드러낸 거리

the road ahead. The woman, in a navy dress and cream-colored cardigan, one hand on her belly swollen like a balloon, was being lead slowly by the hand of a little girl who appeared to be her daughter. The little girl, about three or four, was skipping along in her shoes with pink ribbons, bossing her waddling mom to hurry.

I said a few words to Jenny. I don't remember what. Something about the snow or the scooter or the telephone booth. It wouldn't have made any difference what I said. Nothing I said would have elicited a response.

When we got home, Jenny made dinner. But as soon as we sat down to eat, she declared she wasn't eating, and spread out her fabric in the living room to sew again without a word. The house was filled only with the sounds of my chewing and swallowing an excruciating meal.

Jenny sewed on deep into the night. Around midnight, I approached her to express my discomfort.

"How much longer are you going to sew like that? You have to eat something."

"Eat?" Jenny retorted. "Why should I eat anything?"

"You haven't eaten since lunch. You'll ruin your

는 어딘지 모르게 시시하고 어수선해 보였다.

"마리는 지금쯤 공연을 보고 있겠네."

내 말을 끝으로 우리는 침묵했다. 길에 세워진 공중전화가 눈에 들어왔다. 깨진 유리창엔 먼지와 뒤섞인 더러운 물이 흘러내려 시커먼 얼룩이 져 있었고 그 앞으로는 낡은 오토바이가 한 대 세워져 있었다. 검은 재킷을 입은 남자가 오토바이 발판에 한쪽 다리를 올려놓은 채 담배를 뻐끔댔다. 며칠 전에 내가 사진을 찍은 곳이었다. 그 사실을 깨닫는 데엔 얼마간의 시간이 걸렸고 그러자 무어라 설명할 수 없는 기분이 들었다.

별안간 아내가 걸음을 멈췄다. 그녀의 시선이 우리 앞을 가로지르는 여자에게로 향했다. 남색 원피스에 아이보리빛 카디건을 입은 여자는 한 손을 풍선처럼 부푼 배 위에 얹고, 다른 한 손은 딸인 듯한 여자아이에게 잡힌 채 천천히 걷고 있었다. 서너 살쯤 되어 보이는 아이는 핑크색 리본이 달린 구두를 신고 폴짝거리며, 뒤뚱거리는 엄마에게 빨리 오라고 성화를 부렸다.

나는 아내에게 몇 마디 말을 걸었다. 무슨 얘기였는지는 잘 기억나지 않는다. 눈에 관한 얘기였는지 오토바이나 공중전화에 관한 거였는지. 사실 뭐라도 상관없었을 것이다. 내가 뭐라고 떠들어대든 간에 어차피 아내는 대꾸하지 않았다.

body if you go on like that."

"Huh," she sighed. "My body."

Jenny stopped her sewing and looked at me with a contemptuous smile in her eyes. She'd started up again with the story by the time I realized I'd made a mistake.

"You want to talk about what you did to my body?"

'Forget it' rose up to my throat, but never made it out. It wouldn't have made any difference anyway.

"I made it very clear many times that I didn't want the screening," Jenny enunciated sarcastically as though she was telling an awfully fun anecdote. "It didn't matter to me if our baby was normal or not. But you had other ideas, and we had the amnio-centesis. The doctor told me not to worry—he was monitoring the baby through ultrasound. But when that giant needle went inside my belly, I saw our baby flinch. It's true. The baby flailed, like it was panicking."

Derision drained from her face. She looked up at me with wide, vacant eyes. The story began to rush out of her. Things that happened so fast before we could do anything about it, the evening when the sac burst and life leaked and gushed out of her···
Every detail of the memories painful to even think of were relayed through her fast-moving lips.

집에 도착하자 아내는 묵묵히 저녁을 차렸다. 하지만 밥상에 앉자마자 먹지 않겠다고 선언하더니 거실에 천을 펼치고 앉아 다시 소리 없이 바느질을 시작했다. 내가 꺼끌거리는 밥을 씹어 넘기는 소리만이 집 안을 메웠다.

아내의 바느질은 밤이 깊어가도록 멈출 줄을 몰랐다. 자정이 가까웠을 때 나는 결국 아내에게 다가가 언짢음을 표시했다.

"언제까지 그렇게 바느질만 할 건데? 밥은 먹어야지."

"밥?"

아내가 샐쭉거리며 되물었다.

"밥을 왜 먹어야 하지?"

"당신, 점심 이후로 아무것도 먹지 않았어. 계속 그런 식이면 몸이 상한다구."

"하……."

그녀가 한숨을 쉬었다.

"몸? 그래, 내 몸."

아내가 바느질을 멈추고 나를 바라봤다. 강한 조소가 깃든 눈빛이었다. 내가 실수했다는 것을 깨달았지만 이미 아내는 그 이야기를 시작하고 있었다.

"당신이 내 몸에 어떤 짓을 저질렀는지 한번 얘기해볼까?"

"And then guess what happened. I had the baby. Yours and mine. Already dead. After nine hours of labor."

Jenny took a deep breath and began shaking. The constant howls of women in labor were followed by the cries of newborns. Jenny lactated and had circular stains on the front of her shirts, while she continued to bleed.

"When I was in surgery," Jenny started to laugh. "The results of the screening you insisted on came out."

"Please, stop," I mumbled helplessly. Maybe I never said the words out loud.

"And then," she spat with a vengeful grimace. "And then guess what happened to my body. This body you're so keen on protecting from starvation."

"I only wanted us to be happy," I said quietly.

"Happy," Jenny repeated under her breath. "I only wish we'd been miserable from the start."

I'd heard this story countless times. She'd repeated it without leaving out a single thing for the last several years, sometimes daily. I tried everything I could. We went to counseling together, I accompanied her to hospital visits, and we moved to a new place. I found a job closer to home and did

그만두자는 말이 목 언저리에서 맴돌았지만 입 밖에
내지 않았다. 어차피 그렇게 말해봐야 소용이 없을 것
을 알고 있었다.

"나는 계속해서 검사 같은 건 하고 싶지 않다고 말했
어."

아내가 재미난 얘기를 들려주듯 입을 놀렸다.

"아기가 정상인지 아닌지 따위는 내게 중요하지 않았
거든. 그런데 당신 생각은 달랐고 결국 나는 당신 뜻을
따라 양수를 채취하는 수밖에 없었지. 의사는 초음파로
아이를 보고 있으니까 염려하지 말라고 했어. 하지만
그 거대한 바늘이 배 속을 뚫고 들어갈 때, 나는 아이가
움찔하는 걸 봤어. 정말이야, 아이는 놀란 것처럼 순간
적으로 버둥거렸어."

명랑하던 표정이 걷히고 아내의 입가에 서늘함이 어
렸다. 그녀가 치켜뜬 눈으로 나를 바라보았다. 쏟아지는
이야기에 속도가 붙었다. 손쓸 틈도 없이 순식간에 벌어
진 일들, 저녁부터 자신의 몸 밖으로 생명의 정수가 왈
칵왈칵 흘러내리던 장면들…… 떠올리기 버거운 기억
들이 쉴 새 없이 움직이는 입을 통해 낱낱이 재생됐다.

"그러고 나서 어떻게 됐는지 알아? 나는 아이를 낳았
어, 당신과 나의 아이를, 이미 죽어버린 우리 아기를, 아
홉 시간 동안이나 진통을 해서 말이야."

more work from home. Sometimes Jenny seemed to be getting better, and we couldn't be closer as if none of that had happened. But truth be told, I was more scared when things were good because I knew things could return to point zero at any moment, and Jenny would detest me again. The smallest things triggered her, and her mood changed without warning. She cursed me and spat hateful words at me for not becoming emotional no matter how much she pressed my buttons, and mocked me. When she got tired of attacking me, she brought up divorce—the one thing I told her repeatedly that I would never agree to. But at some point, I started to crumble. The consenting words "Okay, let's" came out so easily because I knew that those words were as empty as everything else we said, and that we would not be able to break up in the end. We were stuck in the same nightmare for all eternity.

Jenny cried. She wailed like an animal writhing in pain and clawed at her own body. I stood there without a word, as if I couldn't see or hear her. When I couldn't take it anymore, I left the apartment and ran down the stairs. Marie was standing frozen in the landing.

"I will sleep somewhere else. Or if it is okay with

아내는 가쁜 숨을 멈추고 몸을 떨었다. 울부짖는 여자들의 소리가 끊임없이 귀를 울렸다. 그리고 나면 조금 후엔 갓 태어난 아기들의 울음소리가 이어지곤 했다. 아내의 젖이 불어나 옷 위로 동그란 자국을 냈다. 그러는 동안에도 피는 멈추지 않았다. 아내가 웃기 시작했다.

"그리고 내가 다시 수술실로 들어간 동안, 당신이 그토록 고집을 부려서 했던 검사의 결과가 나왔지."

"그만해."

내가 힘없이 웅얼댔다. 어쩌면 속으로만 되뇌고 아무 말도 하지 않았는지도 모른다. 아내는 복수하듯 미소를 지으며 뇌까렸다.

"그리고, 그리고 나서, 내 몸에 어떤 일이 벌어졌을까? 당신이, 몸이 상하니 밥이나 먹으라고 말하고 있는 내 몸 말이야……."

"난 단지 우리가 행복하길 바랐을 뿐이야."

내가 조용히 말했다.

행복. 아내가 그 단어를 중얼거렸다.

"난 차라리 우리가 처음부터 불행했길 바라."

수도 없이 들은 얘기였다. 토씨 하나 빠지지 않고 지난 수년간 똑같이, 때로는 매일매일 반복된 이야기다. 나는 내가 할 수 있는 모든 것을 하려고 노력했었다. 우리는

you, I will take my things now? Which is better for you?" asked Marie, panicked.

"I am sorry. I —" My voice pushed its way up my throat and came out a weak croak.

"That is okay. I did not understand anything. It is true. I did not understand a thing. So it is okay."

Hearing the consoling tone in her disclaimer, I buried my face in my hands and broke down resignedly in sobs. I tried to hold it in, but the sound kept escaping me. Everyone knew what had happened to us—the neighbors, the supermarket clerks, the café servers.

Marie gently led me outside. I leaned on her arm like a child. We walked for some time and settled on a bench by the entrance of the apartment complex. She waited for me to stop shaking.

"Was the concert fun?" I asked as I cooled down in the brisk air. Marie's eyes widened as though she was reminded of something she'd completely forgotten about.

"Oh, the concert," Marie sighed. "I didn't go."

"Why? You came to Korea to see the concert."

"I did. I was going to go. But on the way to the concert, I saw it stopped snowing. Snow was melting. I thought, I want to walk where there is no snow. It snowed the whole time I was in Korea. I

상담을 받았고 함께 병원에 다니고 이사를 했다. 집 근처로 직장을 옮기고 집에서 할 수 있는 일의 양을 늘려보기도 했다. 때때로 아내는 나아지는 것 같았다. 그럴 때면 아무 일도 없었던 것처럼 우리 사이는 더할 나위없이 좋았다. 하지만 사실은 그런 순간들이 나를 더 두렵게 했다. 금세 모든 것이 원점으로 돌아가고 또다시 아내가 나를 증오하리라는 것을 알았기 때문이다. 아내는 작은 일에 쉽게 자극을 받았고 불시에 돌변했다. 자신이 아무리 들쑤셔도 표정도 변하지 않는 나를 저주하며 비웃었다. 그러다 지치면 습관처럼 이혼을 요구했다. 그것만은 절대 해줄 수 없다고 말하던 나는 언젠가부터 동의하기 시작했다. 아주 쉽게 "그래, 그렇게 하자"라고 말이다. 그조차 결국은 공허한 말이라는 걸, 어차피 우리는 헤어지지 못하리라는 걸 알아서였다. 우리는 그저 똑같은 악몽을 영원토록 되풀이하고 있을 뿐이었다.

아내가 울기 시작했다. 소리를 지르며 짐승이 울부짖듯 온몸으로 고통을 표현하고 스스로의 몸을 쥐어뜯었다. 나는 그 자리에 말없이 서 있었다. 그녀가 보이지도, 들리지도 않는 것처럼. 마침내 더는 견딜 수 없을 지경이 됐을 때, 나는 현관을 열고 계단으로 뛰어 내려왔다. 그리고 계단참에 얼어붙은 듯 서 있는 마리와 마주쳤다.

"다른 곳에서 잘게요……. 아니, 괜찮다면 제 짐을 지

thought it would be too bad if I went back to Finland only with memories of snow in Korea. There is much snow where I live. So I walked around."

Marie smiled faintly. There was a sadness to it, and I felt it was my fault.

"I was going to visit in January." Marie paused, then continued in a whisper, "But I just⋯ I couldn't."

She took a few short breaths in succession and I realized she was trying to hold back her tears. She took her time gathering herself, and I waited.

"I did not let you know in advance that I was coming. I only sent one email before I left. So I thought I couldn't stay with you. There was a good chance. But I wanted to believe that you would welcome me. Even if it is fake and temporary, like Santa's smile."

A middle-aged drunkard staggered through the apartment complex, belting out a song. The song stopped Marie's tears and soon we were both listening to the song that made no sense.

"It is similar to our village," Marie said as the man's song began to fade. "On nights when the snow stops, a strange man appears and sings a strange song." A small chuckle shook off the last of her tears in her voice.

"Does this happen in Finland, too?" I asked.

금 가지고 나가도록 할까요? 어느 쪽이 편하겠어요?"

마리가 허둥대며 말했다.

"미안해요, 나는······."

힘겹게 목을 뚫고 나온 목소리가 맥없이 갈라졌다.

"괜찮아요. 나는 하나도 못 알아들었으니까요. 정말이
에요. 난 아무것도 알아듣지 못했답니다. 그러니까 괜
찮아요."

마리의 변명에 섞인 게 위로라는 걸 깨닫는 순간 나
는 얼굴을 감쌌고, 어쩔 수 없이 흐느끼기 시작했다. 참
으려고 했지만 소리는 자꾸만 밖으로 비어져 나왔다.
모두가 우리의 이야기를 알고 있었다. 이곳에 사는 이
웃들도, 마트의 점원들도, 카페의 종업원들도.

마리가 능숙하게 나를 바깥으로 인도했다. 나는 마리
에게 어린아이처럼 기댄 채 몸을 맡겼다. 우리는 조금 걸
었고 아파트 단지 입구의 벤치에 앉았다. 그녀는 내 몸의
떨림이 천천히 사그라질 때까지 묵묵히 기다려주었다.

"공연은 재미있었나요?"

서늘한 공기에 몸의 열기가 식어갈 때쯤 내가 입을
뗐다. 그 말에 마리는 잊고 있던 것을 상기받은 것처럼
눈을 크게 떴다.

"오, 공연이요······."

마리가 길게 한숨을 내쉬었다.

Marie gave me a slow, deliberate nod.

"Of course. It is very common. The truth is, it happens everywhere."

The snow was nearly completely gone in the streets. It was very cold, and this weather, sitting awkwardly between winter and spring, was upon us. But I thought, this here isn't all ugly.

"난 공연에 가지 않았어요."

"왜요? 그 공연을 보려고 한국에 온 거였잖아요."

"……그랬었죠. 보려고 했었어요. 하지만 공연장에
가는 길에 나는 눈이 더 이상 내리지 않는다는 걸 알았
죠. 눈은 녹고 있었어요. 그러자 눈이 쌓이지 않은 곳을
걸어보고 싶다는 생각이 들더군요. 내가 머무는 내내
눈이 왔었잖아요. 한국이 눈으로만 덮인 곳이라는 기억
을 가지고 돌아가는 건 어쩐지 아쉬울 것 같았거든요.
눈은 내가 사는 곳에도 많으니까요. 그래서 난 그냥, 무
작정 거리를 걸었답니다."

마리는 희미하게 웃음을 지었다. 그 웃음은 왠지 쓸쓸
해 보였고 내가 그렇게 만든 것 같아 미안해졌다.

"원래 나는 1월에 오기로 했었죠. 그런데 말이
죠……."

마리가 잠깐 말을 멈추더니 속삭이듯 말했다.

"……그냥 나는 그때, 올 수가 없었답니다."

그리고 그녀는 여러 차례 짧게 숨을 쉬었고 나는 그
녀가 울음을 참고 있다는 걸 알 수 있었다. 마리는 오랫
동안 호흡을 가다듬었고 나는 잠자코 기다려주었다.

"이번에 난 당신들에게 온다는 말을 앞서서 하지 않
았죠. 떠나기 직전에 메일을 한 통 보냈을 뿐이에요. 그
랬기 때문에 다른 곳에 머물러야 할지도 모른다고 생각

했죠. 사실, 그럴 가능성이 더 컸어요. 하지만 난 그냥 당신들이 나를 환영해줄 거라고, 그렇게 믿고 싶었어요. 그게 잠깐 동안 만들어진 거라도, 산타클로스의 미소 같은 거라고 하더라도 말이에요……."

한 중년의 사내가 술에 취해 휘청거리며 아파트 단지가 떠나가도록 노래를 불렀다. 그 노래는 마리의 눈물을 멈추게 했고 어느새 우리는 앞뒤가 맞지 않는 노래에 귀를 기울이고 있었다.

"우리 동네에서 보던 풍경과 비슷하군요. 꼭 눈이 그친 밤이면 어디선가 낯선 사람이 나타나 괴상한 노래를 불러대곤 하지요."

남자의 노랫소리가 멀어질 때쯤 마리가 말했다. 물기에 잠긴 말끝에 작은 웃음소리가 뒤따랐다.

"핀란드에서도 그런 일이 일어나나요?"

내가 물었다.

마리는 고개를 느리게 끄덕였다.

"그럼요, 아주 흔한 일이죠. 사실 그런 건, 어디에서나 일어나는 일이랍니다."

우리는 눈이 거의 다 사라진 거리를 말없이 바라보았다. 몹시 추웠고 겨울도 봄도 아닌 계절이 뒤숭숭하게 펼쳐져 있었다. 하지만 그 모습도 추하지만은 않다고, 나는 언뜻 생각했다.

창작노트
Writer's Note

공식적으로 발표된 첫 단편이 단행본으로 나오게 되어 기쁘게 생각합니다. 장편을 두 편 출간하고 난 후라 단행본으로는 세 번째이지만 책이 나온다는 것은 늘 부끄럽고 겸연쩍은 일로 느껴집니다. 앞으로도 그 사실에는 별로 변함이 없을 것 같습니다.

첫 장편인 『아몬드』는 아이를 낳은 지 4개월 때부터 쓰기 시작했다는 이유로 인터뷰 때마다 질문을 받곤 했습니다. 그런데 사실 이 이야기를 '처음' 쓰던 시기는 그보다 앞서, 아이가 태어난 지 두 달이 막 지난 뒤였습니다. (초고는 습작기에 쓴 작품이지만, 이 소설에 대한

I am glad this short story, the first one I have ever published, is being printed as a book. This will actually be my third book, since I have published two novels before it. Yet I still feel awkward and bashful whenever a book of mine comes out. And I think this will never change.

After the publication of my first novel, Almond, I used to receive questions from reporters about how I'd begun writing it only four months after giving birth. But, actually, I set out writing this short story even before that: two months after my child was born. (The story was initially done as a writing exercise; but my special fondness for it led me to rewrite it over time, and so it has become my first published short story.)

특별한 애정이 있었기에, 시간을 두고 개작을 거쳐 첫 번째 단편으로 내게 되었습니다.) 꽤 무더운 여름, 일상은 새롭고 시끄러웠고요, 주말의 한낮에 완성해서 프린트하여 아이를 돌보고 있던 남편한테 뛰어가 얼른 읽으라고 재촉했던 기억이 납니다. 물론 모두 집에서 썼습니다.

그해 가을 한 문예지에 간략한 언급이 되긴 했지만 이 작품이 세상에 나올 기회는 주어지지 않았습니다. 우연찮게 그다음 해에 같은 제목의 가요곡이 발표되기도 했었습니다. 물론 말 그대로 순전히 우연의 일입니다만, '이제는 발표되어도 내가 노래 제목을 따서 지은 것이 되겠구나.' 하고 생각했던 일이 떠오르는군요.

그런데 가만히 생각해보면 '4월의 눈'이라는 제목은 엄청나게 창의적이거나 대단한 상상의 결과로 나올만한 제목이 아닙니다. '4월의 눈' 같은 이벤트는, 꽤 드물긴 해도 우리가 이미 한 번쯤은 겪어보았고 앞으로도 언제든 일어날 수 있는 일 중 하나이니까요. 이 작품을 관통하는 정서도 그런 '특별하지만 가능한 어떤 것'에 기대고 있지 않나 하고 생각해봅니다.

It was a sweltering summer when I first wrote it, my life was noisy and new, and I remember finishing the story one weekend afternoon, printing it out, running over to my husband, who was watching the baby, and making him read it immediately. The entire story was written at home of course.

Although this short story was briefly mentioned in a literary magazine that fall, it didn't have the opportunity to enter the world. Then a Korean pop song with the same title came out the following year. It was purely coincidental, but I remember thinking: 'Now if my story gets published, people will think I got the title from the song.'

The title "April Snow," if you think about it, is not especially creative or wildly imaginative. Although quite rare, snow in April is something everyone has experienced at least once, and it could happen any time in the future. The sentiment encompassing this story is built on that feeling of something extraordinary but still possible.

We sometimes come across strange beings or unfamiliar scenes that conceal our reality. The daily life that lies in wait under a veil is unseen or forgotten for a while, although it is there all the same. But our everyday life will not be the same again when the veil is lifted. Something always changes,

가끔씩 우리는 현실을 가리거나 덮는 낯선 존재나 낯선 정경을 맞이하곤 합니다. 그 밑에 도사리고 있는 일상은 잠깐 환기되거나 잊히지만 실상은 그대로 존재하고 있죠. 그러나 현실을 덮고 있던 장막이 사라진다고 해서 일상이 전과 완전히 같은 모습으로 재현되지는 않습니다. 무언가는 천천히 바뀌기 마련이니까요. 겉모습도 마음도 사람들의 관계도 조금씩은 달라져 있습니다. 녹는 눈처럼, 계절의 변화처럼 말이죠.

제가 이 글을 쓰면서 그런 정서에 젖어 있었는가 하냐면 그건 또 전혀 아니라고 할 수 있겠습니다. 아직까지 저는, 저의 글에 등장하는 이야기와 인물들에게서 저의 일상을 철저히 분리합니다. 일은 일이고 생활은 생활인 것이죠. 두 개의 전혀 다른 세상이 평행으로 흘러갑니다.

어쨌든 이렇게 페이지를 길게 할애해 쓸 말은 결국 개인적인 감상뿐인 것 같아 슬슬 글을 마칠 준비를 해야겠습니다. 애정을 가지고 쓴 작품이 수정을 거쳐 무사히 발표가 되고, 또 번역까지 되어 단행본이 나오다

although slowly. Appearances, emotions, and relationships are altered slightly, the way melting snow and the turn of the seasons change things.

If you were to ask me whether I was deep into this sentiment when I was writing the story, however, my answer would be: no. So far, I have strictly separated my own life from the drama and characters of my stories: work is work, and life is life. These two wholly different worlds flow along in parallel.

Anyway, I am beginning to think I might start rummaging for more personal stories. So I will wrap things up. What a marvelous thing it is that this story, in which I invested a great deal of affection, has been revised and published, and is now being translated and made into a book! Somehow, I'd like to know what readers experience in reading it, although it's not necessary. After all, in a sense all stories are inevitably told in a one-sided way, so that what the reader feels has no connection with the writer.

If I might just add one more thought: I hope that some day, we'll once again get to see beautiful snow falling in April. If so, the already-blooming flowers would be bewildered and the newscasters will go on about climate change. But it would still

니, 정말 멋진 일입니다. 누군가가 이 글을 읽고 어떠한 소회를 가지게 될지 궁금하기도 합니다만, 꼭 알고 싶다는 뜻은 아닙니다. 소설을 통해 작가가 들려주는 이야기는 일방적일 수밖에 없고, 읽는 이가 무엇을 느끼든 간에 이미 작가와는 어떤 의미에서 전혀 상관이 없기 때문이죠.

하나만 덧붙이자면, 언젠가 또 4월에 아름다운 눈이 내리는 것을 볼 기회가 있었으면 좋겠습니다. 피어난 꽃들이 어리둥절하겠지만, 기상이변에 관한 요란한 뉴스가 나겠지만, 그래도 역시 아름다울 것 같습니다. 그러고 나서도 여름은 무사히 찾아올 겁니다. 혹여나 그런 특별한 어느 날 이 이야기를 읽게 될 누군가가 있다면 저는 미리 그분께 인사를 드리겠습니다. 이 짧은 이야기가 부디 당신의 하루에 어울리는 풍경의 조각이 되었기를 바란다고 말입니다.

2018년 1월
봄보다 앞선 겨울 세상에서
손원평

be beautiful. And summer would still come. And if someone ends up reading this story on such a day, I would like to send them a wish in advance: I hope this short tale adds a well-suited element to the scenery of your day.

January 2018

(From the wintry world that comes before the spring)

Sohn Won-pyung

해설
Commentary

더없이 외롭고 다정한 위로

전소영 (문학평론가)

눈이 내리는군요. 그러고 보니 심상치가 않아졌습니다. 이 환절기의 기세라는 것. 봄의 한복판을 종점 삼는 눈처럼 시간에 불시착한 이 이상한 순간들 말입니다. 헤어짐이 못내 아쉬워 머무르려는 지난 계절의 냉기와 도착을 재촉하는 새 계절의 온기에 옷깃을 번갈아 내어주다 보면 문득, 산다는 것이 결국 어떤 인력과 척력 사이에서 배회하는 일일지도 모른다고 생각하게 됩니다.

그저 계절의 이야기인 것만은 아닙니다. 우리의 관계 역시 그렇습니다. 사람과 사람 사이에 그 끝을 헤아릴 수 없는 강도의 인력과 척력이 있어, 앞의 것에 장악당해 한때 서로가 더없이 가깝다고 믿었던 둘에게도 매복

The Loneliest and Warmest Consolation

Jeon So-young (literary critic)

It is snowing. Come to think of it, it's become
ominous: the impact of these in-between seasons,
strange moments that make an emergency landing
in the stretch of time. Like snow that has chosen
the heart of spring as its final destination. Yielding
your coat collar in turn to the chill of the previous
season that is reluctant to say goodbye and the
warmth of the new season impatient to arrive, you
come to wonder if to live is to bear up against un-
known forces that push and pull.

This applies to human relationships as well. There
is a push and pull with a magnitude we can hardly
fathom. Two people wrapped up in what's before

했던 뒤의 것 때문에 헤어짐을 짓는 날이 오는 것입니다. 생각해보면 우리가 생의 매 순간 맺는 관계는 그렇게 단단하지도 밀도가 높지도 않습니다. 끝내 멀어질 수 없다는 마음과 오롯이 닿기도 어렵다는 마음이 얽혀 겨우 올 풀림을 견뎌내고 있는 정도, 그 정도라 하는 편이 옳겠습니다. 그럼에도 우리를 우리로 계속 두는 힘은 무엇인가. 이 소설은 그 질문에 대한 아프고 아름다운 답입니다.

***

여기 관계 안에서 휘청거리는 두 사람이 있습니다. 사산된 아이를 낳고 외상(trauma)에 남은 생을 점령당한 수척한 여인은 그날의 기억을 되풀이라도 하려는 듯, 혹은 자책을 하듯 어두운 양수 속과 닮은 검은 천을 바늘로 히스테리컬하게 찌릅니다. "엎질러진 물" 같은 실들의 그림은 "몸 밖으로 생명의 정수가 왈칵왈칵 흘러내리던 장면"의 반복같이 보이기도 합니다. 다친 손가락에서 하염없이 피가 흐릅니다. 이 모든 일의 책임이 태아에게 기형아 검사를 강행한 남편에게 있다고 여깁니다.

their eyes and who believed they couldn't be closer end up bidding good-bye to each other because of what they've kept buried deep inside. When one thinks about it, the relationships we form throughout our lives are neither that profound nor that secure. I would say that, at most, the reluctance to part and the difficulty of getting closer form a tension that barely keeps a relationship from unraveling. So what is this force that keeps us together in spite of everything? This short story is a heartbreaking and engaging answer to this question.

***

Here are two people struggling in a relationship. A haggard woman whose life has been taken over by the trauma of a stillbirth child hysterically pushes a needle in and out of a piece of cloth as dark as the darkness inside the amniotic sac, as if to atone for or relive the memory of that death. The stitches embroider shapes like "spilled water" that seem to be a reenactment of the moment "life leaked and gushed out of her." She pricks her fingers and bleeds profusely. She believes her husband is to blame for forcing her to be tested for

거리를 두고 지친 표정의 사내가 서 있습니다. 한때는 자신과 아내 사이의 참담한 사이에서도 "꽃이 피어날 거라고" 믿고 습관처럼 찾아오는 이별의 날들을 연기해 왔습니다. 그러나 이제는 "아내가 영영 떠났거나 어쩌면 죽어버린" 상상마저 끔찍하되 후련하다 여깁니다. 둘이서 "똑같은 악몽을 영원토록 되풀이하"게 하는 것은 짐작컨대 죄책감일 것입니다. 괴롭히고 괴로움을 당하는 것으로 스스로를 벌주며, 그들은 그래야만 살아올 수 있었을 것입니다.

희미해진 사랑의 인력과 강력한 증오의 척력 사이에 가파르게 놓였던 이들이 비탈진 일상에서 내려오기로 결정한 것은 폭설 속 4월—그들의 정황을 닮은 계절의 경계에서였습니다. 이혼 결정은, 모든 희망을 게워낸 듯 메말라버린 몇 마디 말로 손쉽게 이루어집니다. 그런데 그 직후, 핀란드에서 온 마리가 그들 앞에 나타납니다.

때로 어떤 운명은 잔혹한 표면 안쪽에 좀처럼 짐작하기 힘든 다감한 비밀을 감추어놓기도 하는 것입니다. 좀 전에 헤어지기로 한 부부에게 예기치 않은 손님의 방문은 당혹스러운 일이었습니다. 그러나 로바니에미

birth defects.

A few paces away is a man who looks spent. He played along with his wife's habitual declarations of a breakup, believing that "flowers would bloom again" in the wreckage of their relationship. But now he imagines scenarios where she has "left for good, or died" and feels "devastated yet relieved" by them. One assumes that what keeps them "stuck in the same nightmare for all eternity" is guilt. Punishing themselves by tormenting and suffering may be the only way they can survive.

Walking a tightrope between the pull of love, now as weak as a single thread, and the overwhelming push of hate, the two decide to end their precarious routine in the middle of a snowstorm in April—a place between seasons that reflects where they exist. The decision to divorce comes easy with the exchange of withered words purged of all hope. But then immediately Marie from Finland appears.

Some fates hold inside their cruel exteriors a fortuitous secret, replete with sentiment. The unexpected house guest seems to be an inconvenience for a couple who have just decided to separate. But Marie, a resident of Rovaniemi, much like an unex-

에 살고 있다는 마리는, 예정 없이 도착해 주인의 마음을 어루만지는 산타의 선물처럼 서로를 떠나려는 부부의 발길을 다정하게 멈춰 세웁니다.

"일 년 내내 크리스마스 같은" 산타 마을처럼, 봄을 열린 눈보라처럼, 현실이지만 비현실적인 활기가 집에 찾아듭니다. 마리가 잘려진 둘의 대화를 이어붙이고, 지지 않는 꽃 같았던 사랑의 기억을 상기시킵니다. 부부 사이에서 인력이 재작동합니다. 둘이 서로의 등과, 손과, 머리카락을 밀착시킵니다. 삶이 "어디든 내려앉아 익숙한 모든 것들을 전혀 다른 형체로 바꿔"치기하는 눈에 덮이기라도 한 것 같습니다. 다만 덮인 눈이 언젠가는 녹아내리고 말듯 영원할 수 없는, 행복하고 서러운 풍광입니다.

눈속임 같았던 잠깐의 진통(鎭痛) 효과는 역시 곧 끝이 나고 부부 사이에선 증오의 척력이 다시 주도권을 쥡니다. 희망 걷힌 뒤의 절망이 더 매섭듯, 현실은 "먼지와 뒤섞인 더러운 물이 흘러내려 시커먼 얼룩"진 눈 녹은 자리처럼 가혹한 모습으로 드러납니다. 아내는 "저주에 걸린 아라크네"처럼 바느질을 시작합니다. 남편이 두려움 속에 그것을 지켜봅니다. 여자가 울부짖고 남자

pected present from Santa Claus, warmly stays the feet of a couple about to walk away from each other.

Like the Santa Village in Rovaniemi, which is "like Christmas every day," like the world outside, where a snowstorm has frozen in its tracks the advent of spring, the house fills up with a real yet also surreal liveliness. Marie mends the break in the couple's conversation and revives memories of their love, which was once like flowers always in bloom. The pull between the couple is rejuvenated, creating renewed contact between their backs, hands, and heads. Their lives appear to be covered in a blanket of snow that turns "familiar things into different shapes." But the state is also temporary because the snow will eventually melt away. It is both a heartbreaking and a happy picture.

This temporary palliative wears off, though, and the couple find themselves in the grip of a strong hatred once again. The plunge into despair, after a minor lift of hope, splits open a gruesomeness, as ugly as "streaks of dust and melting snow [leaving] a black stain." The wife begins to sew again "Like doomed Arachne spinning thread." And the husband watches in fear. The wife howls in pain and

는 도망칩니다. 도망치다가 제 비밀을 본의 아니게 공
유하게 된 마리를 맞닥뜨립니다. 아파트 앞 벤치에 우
는 사내와 울음을 참는 마리가 앉아 있습니다. 거리의
눈은 사라졌고 이야기는 이렇게 끝이 납니다. 단, 아직
소설의 마지막 장을 덮기엔 이릅니다.

***

왜 마리였을까. 국적도 인종도 세대도 다른 그녀의 서
툰 위로에 사내는 왜 눈물을 터뜨렸을까. 눈물의 연유도
모르면서 마리는 왜 자신의 눈물을 꺼내놓을 수 있었을
까. 세 개의 '왜'가 여전히 존재감을 과시하며 남아 있습
니다. 앞에 내려놓았던 문장을 거듭 들고 와 적겠습니
다. 때로 어떤 운명은 당혹스러운 표면 안쪽에 좀처럼
짐작하기 힘든 다감한 비밀을 감추어놓기도 하는 것입
니다. 이 경우에 비밀은, 온통 우연처럼 보였던 세 사람
의 조우가 필연이었다는 진실에서 비어져 나옵니다.

이야기를 거슬러 올라가야 합니다. 1월에 "개인적인
이유로" 한국행을 취소했다가 4월에 다시금 여행을 결
심한 마리의 사정은 철저히 가려져 있습니다. 다만 우

the husband runs away. On his way out, he encounters Marie, who is now in on their secret. The two sit side-by-side on a bench in the apartment complex, the man crying and Marie holding back her tears. The snow has melted off the streets, and the story ends. But it's too soon to close yet.

***

Why Marie of all people? Why did the man weep at the awkward efforts at consoling him by a woman of a different nationality, race, and generation? What opened her up to tears when she didn't know the reason behind his? These three questions persist, maintaining a conspicuous presence. I will invoke words I said earlier: Some fates bear inside their awkward exteriors a fortuitous secret replete with sentiment. The secret is revealed in the truth that the coincidence of the three people meeting turned out to be predestined.

Let's make our way back to the beginning. The backstory of Marie, who cancels her trip in January "due to a personal matter" but then makes up her mind to visit in April, is completely unknown. Yet we can put the pieces together, the reason she trav-

리는, 흐느끼는 사내 옆에서 울음을 참는 마리의 얼굴로부터 짐작할 수 있습니다. '홀로' 한국행을 택한 그녀가 "잠깐 동안 만들어진 거라도, 산타클로스의 미소 같은 거"라도 누군가의 환영을 받고 싶었던 까닭에 대해. 희미한 상실의 그림자가 마리의 이 아픈 말 뒤에 아른거립니다.

참혹한 고통 안에 잠복해 있는 유일한 다행은, 그것을 가진 이들이 자신과 닮은 타인의 마음의 무늬를 헤아릴 수 있게 된다는 점에 있습니다. 고통을 언어 삼은 공감에는 어떤 번역도 필요치 않습니다. 국경도 성별도 나이도 가로질러버리는 음악처럼, 춤처럼 고통에서 비롯된 위로는 미처 발설되지 않아도 서로 안에 스며들 수 있습니다. 예컨대 당신이 당신과 같은 병을 앓는 나를 만나 아무 말 하지 않고도 서로의 고통을 느끼는 것처럼.

***

이 생각에 동의한다면 소설의 끄트머리로 돌아가 주길 바랍니다. 사내가 울고 마리가 울음을 참습니다. 술취한 사내의 앞뒤 없는 노래가 무람없이 들려옵니다.

eled to Korea alone, seeking the welcome of some-body, "even if it is fake and temporary, like Santa's smile," based on her holding back her own tears, next to the weeping man. A shadow of loss lingers behind those words of hers.

The only real relief, lying dormant in harrowing pain, is that it gives us some insight into the veins and currents that flow inside the heart of someone with a similar grief. Empathy that speaks in the lan-guage of pain needs no interpreter. As music and dance can remove barriers between different peo-ple or countries, so compassion born of pain can reach another without words. Just as if you meet someone who is ailing in the same way as you, both of you can feel each other's pain without say-ing anything.

***

If you agree with this idea, then return to the end of the story. The man is crying and Marie is holding back her tears. There comes the jarring intrusion of a drunkard singing a song that makes no sense. The tears stop thanks to the distraction, and this conversation ensues: *It is similar to our village.... /*

뜻밖에도 노래로 눈물이 멎고 이 같은 대화가 견인됩니다. 우리 동네에서 보던 풍경과 비슷하군요. 핀란드에서도 그런 일이 일어나나요. 그럼요, 아주 흔한 일이죠. 사실 그런 건, 어디에서나 일어나는 일이랍니다. 둘 사이를 오간 이 말들이야말로 실은 고통과 공감에 관한 가장 명민한 정의입니다. 몸서리쳐질 만큼의 통증이 누구에나 원치 않게 찾아올 수 있다는 것, 그럴 때면 저마다가 예외 없이 아프다는 것, 당신도 나도 그렇다는 것 —더없이 외롭고 또 다정한 위로.

아내는 아마도 다시 바느질을 할 것입니다. 남편에게도 벤치에 앉아 흐느끼는 날들이 이어질 것입니다. 인력과 척력에 속수무책 휩쓸릴 둘의 삶에서는 "몹시 추웠고 겨울도 봄도 아닌 계절이 뒤숭숭하게" 반복될지 모릅니다. "하지만 그 모습도 추하지만은 않다고" 남자는 종내 생각합니다. 고통으로 공명할 날이 온다면 증오조차 점점 여려질 것이라고(dim.) 넘겨짚어도 좋을 것입니다. 첫 소설 『아몬드』(2017)에서부터 공감의 가능성과 불가능성에 대해 치열하게 물어왔던 이 작가가 새로 준비한 진실을 이렇게 건네받습니다.

Does this happen in Finland, too? / Of course. It is very common. The truth is, it happens everywhere. This is the most astute definition of pain and empathy: that such a gut-wrenching pain can find anyone, that it hurts without exception when it comes, and that you and I both hurt. It's the loneliest and the warmest consolation there is.

The wife will probably sew again. And the husband will weep on the bench in many days to come. In the throes of the push and pull of their lives, there may be "very cold" days and "this weather sitting awkwardly between winter and spring" may return again. But, in the end, the man thinks, "It isn't all ugly." If the day comes when they can connect in their pain, the hate may fade in a *diminuendo*. And thus we are presented with the truth that Sohn Won-pyung has prepared for us—a writer who has been asking difficult questions on the possibility and impossibility of empathy since her first novel, *Almond* (2017).

***

The snow has stopped. You might have been caught in the snow or found shelter from it, as I

***

눈이 그쳤군요. 당신도 나처럼 어딘가에서 눈을 맞거나 피했을 것입니다. 아니, 구태여 눈이 내리지 않더라도 우리는 알고 있습니다. 젖은 머리카락의 칼날 같은 차가움에 대해. 체온에 녹아내린 눈의 꼭 눈물같이 미지근한 온도에 관해. 사실 그런 건, 어디에서나 일어나는 일이니까. 이 사소한 단 하나의 진실이 삶을 움켜쥐는 고통으로부터 우리를 구원해주는 어떤 날이, 반드시 있는 것입니다.

전소영 서울대학교 국어국문학과 박사과정 수료. 계간 《작가세계》 편집위원.

have. Yet, even if it doesn't snow, we are aware of the blade-like chill of wet hair and the tear-like tepidness of snow melting on skin. Because the truth is: it happens everywhere. And the day will surely come when this simple, singular truth will save us all from the grip of pain.

Jeon So-young Ph.D. Candidate in the Department of Korean Language and Literature at Seoul National University. Member of the editorial board of *Writer's World*.

비평의 목소리
Critical Acclaim

심사위원들은 논의 끝에『아몬드』를 올해의 수상작으로 결정하였다. (……) 두 소년의 만남과 우정을 통해 우리는 청소년 시기에 중요한 것이 지식의 교육만이 아니라 감정의 교육이기도 하다는 것을 절실히 느낀다. 그들이 타인과 관계 맺고 사회와 만나며 성장하는 과정을 끝까지 섬세하게 짚어 나가는 작가의 문장은, 겉보기에 괴물로 보이는 소년들이라 할지라도 그 내면에는 언제나 괴물이 되지 않기 위한 눈물겨운 분투가 숨어 있다는 진실을 설득력 있게 보여 준다. 주인공 못지않은 '곤'이라는 인물의 매력, 그리고 깊은 성찰로 빚어낸 '나'와 '곤'의 관계에 깃든 아름다움에서 이 작품이 감정 표현 불능증이

After discussion, the panel of judges chose *Almonds* as this year's winner. (⋯) This novel shows, through the two boys' encounter and their friendship, that it is important for adolescents to obtain not just knowledge but also an emotional education. The author's delicate prose, following two boys' interactions with other people, encounter with society, and personal growth, compellingly captures the truth that behind the exterior of these seemingly monstrous boys, there are always tearful struggles not to be monsters. This novel also demonstrated, beyond using the interesting psychological condition of alexithymia as material for fiction, significant literary accomplishments through the

라는 심리적 소재를 뛰어넘어 문학적으로 의미 있는 성취를 이루었음을 알 수 있었다.

심사위원단, 「제10회 창비청소년문학상 심사평」, 창비, 2016.

『서른의 반격』은 88만원 세대인 주인공이 허위의 세상을 바꾸려고 몸부침치는 실존이 가상하다. 작은 체 게바라들에게서 희망을 읽게 한다. 사회 곳곳에서 반란을 일으키는 그들, 1프로에게 농락당하는 세상, 변화의 주역으로 사는 주인공들을 설정하는 작가의 시각이 미쁘다. 문장도 밀도가 짙고 잘 읽힌다. 사건과 주제를 형상화시키고 도출해내는 작가의 힘, 소설미학이 돋보인다. (……) 위트가 넘치는 싱그럽고 유쾌한 소설이다.

심사위원단, 「제5회 제주4·3평화문학상 심사평」,

제주4·3평화재단, 2017.

fascinating depiction of the supporting character Gon, and the beauty imbued in his relationship with the protagonist, which comes from profound insight.

The panel of judges, the 10th Changbi Prize for Young Adult Fiction, Changbi, 2016.

The heroin of *Counterattack of Thirties* is laudable in her existential struggles to change the hypocrisy of the world as a young person at the bottom rung of society. We can see hope in these little Che Guevaras who rise in revolt in different areas of society. The writer shows tenable perspectives on the characters who are fooled by the top 1%, but try to live as agents of change. The composition of the prose is dense yet easy to read. The writer's strength in illustrating events and themes is re-markable and shows exemplary aesthetics as a work of fiction. (…) This novel is quite witty, new, and delightful.

The panel of judges, the 5th Jeju 4.3 Peace Literature Award, Jeju 4.3 Peace Foundation, 2017.

K-픽션 021
4월의 눈

2018년 4월 16일 초판 1쇄 발행
2020년 12월 15일 초판 2쇄 발행

지은이 손원평 | 옮긴이 제이미 챙 | 펴낸이 김재범
기획위원 전성태, 정은경, 이경재, 강영숙
편집 정경미 | 관리 홍희표, 박수연 | 디자인 다랑어스토리
인쇄·제책 굿에그커뮤니케이션 | 종이 한솔PNS
펴낸곳(주)아시아 | 출판등록 2006년 1월 27일 제406-2006-000004호
주소 경기도 파주시 회동길 445(서울 사무소: 서울특별시 동작구 서달로 161-1 3층)
전화 02.821.5055 | 팩스 02.821.5057 | 홈페이지 www.bookasia.org
ISBN 979-11-5662-173-7(set) | 979-11-5662-356-4(04810)
값은 뒤표지에 있습니다.

K-Fiction 021
April Snow

Written by Sohn Won-pyung | Translated by Jamie Chang
Published by ASIA Publishers | 161-1, Seodal-ro, Dongjak-gu, Seoul, Korea
(Seoul Office:161-1, Seodal-ro, Dongjak-gu, Seoul, Korea)
Homepage Address www.bookasia.org | Tel.(822).821.5055 | Fax.(822).821.5057
First published in Korea by ASIA Publishers 2018
ISBN 979-11-5662-173-7(set) | 979-11-5662-356-4(04810)

한국문학의 가장 중요하고 첨예한 문제의식을 가진 작가들의 대표작을 주제별로 선정!
하버드 한국학 연구원 및 세계 각국의 한국문학 전문 번역진이 참여한 번역 시리즈!
미국 하버드대학교와 컬럼비아대학교 동아시아학과, 캐나다 브리티시컬럼비아대학교 아시아
학과 등 해외 대학에서 교재로 채택!

바이링궐 에디션 한국 대표 소설 set 1

분단 Division

01 병신과 머저리-**이청준** The Wounded-**Yi Cheong-jun**

02 어둠의 혼-**김원일** Soul of Darkness-**Kim Won-il**

03 순이삼촌-**현기영** Sun-i Samch'on-**Hyun Ki-young**

04 엄마의 말뚝 1-**박완서** Mother's Stake I-**Park Wan-suh**

05 유형의 땅-**조정래** The Land of the Banished-**Jo Jung-rae**

산업화 Industrialization

06 무진기행-**김승옥** Record of a Journey to Mujin-**Kim Seung-ok**

07 삼포 가는 길-**황석영** The Road to Sampo-**Hwang Sok-yong**

08 아홉 켤레의 구두로 남은 사내-**윤흥길** The Man Who Was Left as Nine Pairs
   of Shoes-**Yun Heung-gil**

09 돌아온 우리의 친구-**신상웅** Our Friend's Homecoming-**Shin Sang-ung**

10 원미동 시인-**양귀자** The Poet of Wŏnmi-dong-**Yang Kwi-ja**

여성 Women

11 중국인 거리-**오정희** Chinatown-**Oh Jung-hee**

12 풍금이 있던 자리-**신경숙** The Place Where the Harmonium Was-**Shin
   Kyung-sook**

13 하나코는 없다-**최윤** The Last of Hanak'o-**Ch'oe Yun**

14 인간에 대한 예의-**공지영** Human Decency-**Gong Ji-young**

15 빈처-**은희경** Poor Man's Wife-**Eun Hee-kyung**

바이링궐 에디션 한국 대표 소설 set 2

자유 Liberty

16 필론의 돼지-**이문열** Pilon's Pig-**Yi Mun-yol**

17 슬로우 불릿-**이대환** Slow Bullet-**Lee Dae-hwan**

18 직선과 독가스-**임철우** Straight Lines and Poison Gas-**Lim Chul-woo**

19 깃발-**홍희담** The Flag-**Hong Hee-dam**

20 새벽 출정-**방현석** Off to Battle at Dawn-**Bang Hyeon-seok**

사랑과 연애 Love and Love Affairs

21 별을 사랑하는 마음으로-윤후명 With the Love for the Stars-Yun Hu-myong

22 목련공원-이승우 Magnolia Park-Lee Seung-u

23 칼에 찔린 자국-김인숙 Stab-Kim In-suk

24 회복하는 인간-한강 Convalescence-Han Kang

25 트렁크-정이현 In the Trunk-Jeong Yi-hyun

남과 북 South and North

26 판문점-이호철 Panmunjom-Yi Ho-chol

27 수난 이대-하근찬 The Suffering of Two Generations-Ha Geun-chan

28 분지-남정현 Land of Excrement-Nam Jung-hyun

29 봄 실상사-정도상 Spring at Silsangsa Temple-Jeong Do-sang

30 은행나무 사랑-김하기 Gingko Love-Kim Ha-kee

바이링궐 에디션 한국 대표 소설 set 3

서울 Seoul

31 눈사람 속의 검은 항아리-김소진 The Dark Jar within the Snowman-Kim So-jin

32 오후, 가로지르다-하성란 Traversing Afternoon-Ha Seong-nan

33 나는 봉천동에 산다-조경란 I Live in Bongcheon-dong-Jo Kyung-ran

34 그렇습니까? 기린입니다-박민규 Is That So? I'm A Giraffe-Park Min-gyu

35 성탄특선-김애란 Christmas Specials-Kim Ae-ran

전통 Tradition

36 무자년의 가을 사흘-서정인 Three Days of Autumn, 1948-Su Jung-in

37 유자소전-이문구 A Brief Biography of Yuja-Yi Mun-gu

38 향기로운 우물 이야기-박범신 The Fragrant Well-Park Bum-shin

39 월행-송기원 A Journey under the Moonlight-Song Ki-won

40 협죽도 그늘 아래-성석제 In the Shade of the Oleander-Song Sok-ze

아방가르드 Avant-garde

41 아겔다마-박상륭 Akeldama-Park Sang-ryoong

42 내 영혼의 우물-최인석 A Well in My Soul-Choi In-seok

43 당신에 대해서-이인성 On You-Yi In-seong

44 회색 時-배수아 Time In Gray-Bae Su-ah

45 브라운 부인-정영문 Mrs. Brown-Jung Young-moon

바이링궐 에디션 한국 대표 소설 set 4

디아스포라 Diaspora

46 속옷-김남일 Underwear-Kim Nam-il

47 상하이에 두고 온 사람들-공선옥 People I Left in Shanghai-Gong Sun-ok

48 모두에게 복된 새해-김연수 Happy New Year to Everyone-Kim Yeon-su

49 코끼리-김재영 The Elephant-Kim Jae-young

50 먼지별-이경 Dust Star-Lee Kyung

가족 Family

51 혜자의 눈꽃-천승세 Hye-ja's Snow-Flowers-Chun Seung-sei

52 아베의 가족-전상국 Ahbe's Family-Jeon Sang-guk

53 문 앞에서-이동하 Outside the Door-Lee Dong-ha

54 그리고, 축제-이혜경 And Then the Festival-Lee Hye-kyung

55 봄밤-권여선 Spring Night-Kwon Yeo-sun

유머 Humor

56 오늘의 운세-한창훈 Today's Fortune-Han Chang-hoon

57 새-전성태 Bird-Jeon Sung-tae

58 밀수록 다시 가까워지는-이기호 So Far, and Yet So Near-Lee Ki-ho

59 유리방패-김중혁 The Glass Shield-Kim Jung-hyuk

60 전당포를 찾아서-김종광 The Pawnshop Chase-Kim Chong-kwang

바이링궐 에디션 한국 대표 소설 set 5

관계 Relationship

61 도둑견습 - 김주영 Robbery Training-Kim Joo-young

62 사랑하라, 희망 없이 - 윤영수 Love, Hopelessly-Yun Young-su

63 봄날 오후, 과부 셋 - 정지아 Spring Afternoon, Three Widows-Jeong Ji-a

64 유턴 지점에 보물지도를 묻다 - 윤성희 Burying a Treasure Map at the U-turn-Yoon Sung-hee

65 쁘이거나 쓰이거나 - 백가흠 Puy, Thuy, Whatever-Paik Ga-huim

일상의 발견 Discovering Everyday Life

66 나는 음식이다 - 오수연 I Am Food-Oh Soo-yeon

67 트럭 - 강영숙 Truck-Kang Young-sook

68 통조림 공장 - 편혜영 The Canning Factory-Pyun Hye-young

69 꽃 - 부희령 Flowers-Pu Hee-ryoung

70 피의일요일 - 윤이형 Bloody Sunday-Yun I-hyeong

금기와 욕망 Taboo and Desire

71 북소리 – 송영 Drumbeat–Song Yong

72 발칸의 장미를 내게 주었네 – 정미경 He Gave Me Roses of the Balkans–Jung Mi-kyung

73 아무도 돌아오지 않는 밤 – 김숨 The Night Nobody Returns Home–Kim Soom

74 젓가락여자 – 천운영 Chopstick Woman–Cheon Un-yeong

75 아직 일어나지 않은 일 – 김미월 What Has Yet to Happen–Kim Mi-wol

바이링궐 에디션 한국 대표 소설 set 6

운명 Fate

76 언니를 놓치다 – 이경자 Losing a Sister–Lee Kyung-ja

77 아들 – 윤정모 Father and Son–Yoon Jung-mo

78 명두 – 구효서 Relics–Ku Hyo-seo

79 모독 – 조세희 Insult–Cho Se-hui

80 화요일의 강 – 손홍규 Tuesday River–Son Hong-gyu

미의 사제들 Aesthetic Priests

81 고수 – 이외수 Grand Master–Lee Oisoo

82 말을 찾아서 – 이순원 Looking for a Horse–Lee Soon-won

83 상춘곡 – 윤대녕 Song of Everlasting Spring–Youn Dae-nyeong

84 삭매와 자미 – 김별아 Sakmae and Jami–Kim Byeol-ah

85 저만치 혼자서 – 김훈 Alone Over There–Kim Hoon

식민지의 벌거벗은 자들 The Naked in the Colony

86 감자 – 김동인 Potatoes–Kim Tong-in

87 운수 좋은 날 – 현진건 A Lucky Day–Hyŏn Chin'gŏn

88 탈출기 – 최서해 Escape–Ch'oe So-hae

89 과도기 – 한설야 Transition–Han Seol-ya

90 지하촌 – 강경애 The Underground Village–Kang Kyŏng-ae

바이링궐 에디션 한국 대표 소설 set 7

백치가 된 식민지 지식인 Colonial Intellectuals Turned "Idiots"

91 날개 – 이상 Wings–Yi Sang

92 김 강사와 T 교수 – 유진오 Lecturer Kim and Professor T–Chin-O Yu

93 소설가 구보씨의 일일 – 박태원 A Day in the Life of Kubo the Novelist–Pak Taewon

94 비 오는 길 – 최명익 Walking in the Rain–Ch'oe Myŏngik

95 빛 속에 – 김사량 Into the Light–Kim Sa-ryang

한국의 잃어버린 얼굴 Traditional Korea's Lost Faces

96 봄·봄 – 김유정 Spring, Spring-Kim Yu-jeong

97 벙어리 삼룡이 – 나도향 Samnyong the Mute-Na Tohyang

98 달밤 – 이태준 An Idiot's Delight-Yi T'ae-jun

99 사랑손님과 어머니 – 주요섭 Mama and the Boarder-Chu Yo-sup

100 갯마을 – 오영수 Seaside Village-Oh Yeongsu

해방 전후(前後) Before and After Liberation

101 소망 – 채만식 Juvesenility-Ch'ae Man-Sik

102 두 파산 – 염상섭 Two Bankruptcies-Yom Sang-Seop

103 풀잎 – 이효석 Leaves of Grass-Lee Hyo-seok

104 맥 – 김남천 Barley-Kim Namch'on

105 꺼삐딴 리 – 전광용 Kapitan Ri-Chŏn Kwangyong

전후(戰後) Korea After the Korean War

106 소나기 – 황순원 The Cloudburst-Hwang Sun-Won

107 등신불 – 김동리 Tŭngsin-bul-Kim Tong-ni

108 요한 시집 – 장용학 The Poetry of John-Chang Yong-hak

109 비 오는 날 – 손창섭 Rainy Days-Son Chang-sop

110 오발탄 – 이범선 A Stray Bullet-Lee Beomseon

K-포엣 시리즈 | KOREAN POET SERIES

안도현 시선   Poems by Ahn Do-Hyun

고 은 시선   Poems by Ko Un

백 석 시선   Poems by Baek Seok

허수경 시선   Poems by Huh Sukyung

안상학 시선   Poems by Ahn Sang-Hak

김 현 시선   Poems by Kim Hyun

김소월 시선   Poems by Kim Sowol

윤동주 시선   Poems by Yun Dong-Ju

정일근 시선   Poems by Jeong Il-Geun

김중일 시선   Poems by Kim Joong-Il

김정환 시선   Poems by Kim Jeong-Hwan

이영광 시선   Poems by Lee Young-kwang

안현미 시선   Poems by Ahn Heon-mi

양안다 시선   Poems by Yang Anda

이영주 시선   Poems by Lee Young-Ju

유형진 시선   Poems by Yu Hyoung-Jin

김해자 시선   Poems by Kim Hae-Ja

안주철 시선   Poems by Ahn Joo-Cheol

K-포엣 시리즈는 계속됩니다.
리스트에 변동이 있을 수 있습니다.